I0526371

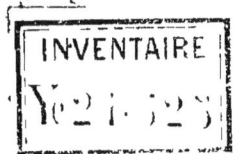
INVENTAIRE

SONNETS

OU

FLEURS DE POÉSIE

DU

COMMANDANT D'ESGRIGNY

Souviens-toi du Ciel, ô ma Lyre,
Car c'est du Ciel que tu descends
REBOUL.

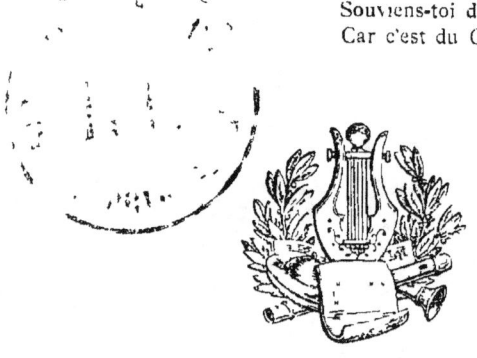

MARSEILLE

TYPOGRAPHIE MARIUS OLIVE

RUE SAINTE, 39

1877

SONNETS

OU

FLEURS DE POÉSIE

DU

COMMANDANT D'ESGRIGNY

Souviens-toi du Ciel, ô ma Lyre,
Car c'est du Ciel que tu descends.
REBOUL.

MARSEILLE

TYPOGRAPHIE MARIUS OLIVE

RUE SAINTE, 39

1877

PRÉFACE

Il y a bientôt trente-deux ans que j'ai publié un premier recueil de Poésies : que sont devenues ces feuilles d'automne ? Je n'en sais rien. Alors la fièvre de la gaie science semblait être à son apogée, depuis, l'insouciance et une sorte de dégoût poursuivent le vers. Quelques personnes liront cet ouvrage avec plaisir, plusieurs même en feront un sujet d'études, mais la plupart en repousseront le parfum, se retranchant derrière l'anathème du grand maître Boileau qui par son trop d'éloge a, sans le vouloir, découragé tous les rimeurs français.

Un sonnet sans défaut vaut seul un long poème.

Moi, fort de ma Muse et de mon droit, je marche à l'ennemi, m'appuyant sur le charmant poète Reboul, qui, à la vieille date du 19 Août 1845, m'adressait le plus précieux encouragement.

Avant de donner au lecteur copie de la lettre de celui qui a été dernièrement l'objet de très-

justes ovations de la part de ses compatriotes
Nîmois, qu'il me soit permis de l'avertir que tous
ces *Sonnets*, en dehors du premier, *Invocation
à la Muse* et du dernier qui, sous le titre de
Chant du Cygne, devait naturellement terminer
l'œuvre, sont semés au hasard comme les
fleurs d'un parterre que l'on peut cueillir suivant
leur appel. Le lycéen y trouvera des rémi-
niscences scolaires, et la jeune fille, à l'ombre
de la charmille, ou sous les baisers du soir,
pourra en lire des fragments, car le premier mérite
de ce petit livre est d'être marqué au sceau de la
plus saine et de la plus scrupuleuse morale.

Lettre du Poète REBOUL à l'Auteur

MONSIEUR,

Je vous remercie de votre aimable envoi. J'ai lu votre
recueil avec un plaisir infini et si mon suffrage vous est
agréable, il vous est acquis. Puisse la Poésie adoucir les
fatigues du soldat et l'illustrer quelque jour. Vous n'aurez pas
été le premier dans la carrière militaire à manier également
et la lyre et l'épée. Il a été souvent donné au monde de jouir
de cette noble alliance. Plus d'un grand capitaine s'est montré
grand poète, et plus d'un grand poète, grand capitaine.

Je suis avec une vive reconnaissance, Monsieur, votre tout
dévoué serviteur et admirateur,

REBOUL.

Pour Copie : D'ESGRIGNY D'HERVILLE

A MON MEILLEUR AMI

A vous, cher de Cillart, ces essais d'harmonie,
A vous, cœur généreux, et qui m'avez doté
De l'espoir couronnant la flamme ou le génie
Qui nous fait tant rêver de l'immortalité !

L'Auteur.

INVOCATION A LA MUSE

O toi, qui m'as toujours abrité sous ton aile,
Muse souffle de l'âme !.. ange consolateur !
Toi, ma chère compagne, à ma lyre fidèle,
Viens soupirer des mots d'amour et de bonheur.

Ah ! pourquoi prendre aussi cette forme si belle,
Que nous admirons tant dans un être trompeur,
Toi qui ne ments jamais, qui n'es jamais cruelle,
Qui ne sais qu'alléger notre triste douleur.

O viens autour de moi, sème ta mélodie,
Fais jaillir de mes doigts les rêves d'harmonie,
Fantômes si légers, et seuls connus des Dieux.

Tes suaves accords dissiperont l'orage,
Feront évanouir le lugubre nuage,
Qui ternit bien souvent l'éclat pur de mes cieux.

LE TENDRE NOM D'AMI

Dédié à deux Sœurs.

———

Un soir j'étais assis sur le bord du rivage,
Seul avec mon destin et mon rêve avorté,
L'esprit triste et pensif, le front décoloré,
N'écoutant plus des eaux l'adorable langage ;

Tout à coup, un rayon a percé le nuage,
Et dans un cercle d'or un mot doux a tracé :
Ce tendre nom d'ami colora mon visage
Et gravé dans mon cœur ne s'est plus effacé.

Par lui, j'ai vu souvent nos trois âmes unies,
Dans l'espace voguant parcourant les prairies,
Ou respirant la fleur des Vallons, des Coteaux !

Comme il sut ajouter au ruisseau qui murmure,
De la Terre embellie, augmenter la parure
En versant dans mon sein de merveilleux échos.

REPROCHE

DU PASSÉ AU PRÉSENT

Enfant ! je t'ai bercé n'étant que l'avenir,
J'avais pour toi les soins et tout l'amour d'un père,
Que de fois j'ai souffert, supporté la misère,
Et ton regard m'évite, et tu sembles me fuir...

Hélas ! que de dangers dans la paix, dans la guerre,
Pour assurer tes droits : j'étais un vrai martyr !
A l'époque surtout où n'ayant pas de frère
L'homme donnait la mort sans songer à bénir.

Aujourd'hui tu le sais, je pare la nature
De mes débris flottants semés à l'aventure
Le poète me chante, et son vers inspiré.

Dans son accent divin, puise à mon agonie
De quoi réconforter sa grâce et son génie
Car il redit souvent : c'est l'œuvre du passé !

L'EMBARRAS DU CHOIX

OU

LE CHANT, LA PEINTURE ET LA POÉSIE

———

Un jour à l'Elisée on décernait un prix,
C'était fête, je crois, dans le sacré collège,
Habitants de l'Olympe avaient ce privilège,
Trois anges devant eux, soudain s'étaient assis

L'un se nommait le chant, il vantait ses auteurs,
Tenant entre les mains le beau livre d'Homère,
L'autre était la peinture et sa main si légère
De l'horizon lointain empruntait les couleurs ;

Le troisième un peu pâle, au sublime langage,
Par des vers inspirés, troublait l'aréopage,
Semblait, de son côté, faire pencher le choix !

Mais la raison vint vite en la charmante lice,
Pour des talents égaux eut la même justice,
Le plus ancien des Dieux les couronna tous trois.

LE SOMMEIL DE L'ANGE

Autour de ce berceau comme on a fait silence,
Les rideaux sont baissés, d'où vient ce long sommeil?
Le cœur très abattu rempli d'impatience,
Une femme s'incline attendant le réveil.

Cependant, tout-à-l'heure, ô douce et tendre mère !
Il était dans tes bras, sans crainte et sans effroi,
Il riait, s'agitait, ah ! l'étrange mystère,
Son regard s'attristait en se portant vers toi.

Mais avance un peu plus car j'entends le mélange
Des voix de Séraphins, et j'aperçois un ange
Qui te frôle en passant, et qui te dit bien bas :

Souvent pareille erreur est commise en ce monde,
Et ce que vous aimez ! l'enfant à tête blonde
Appartenait au ciel ! alors ne pleurez pas.

LA VOIX D'UNE MÈRE

A Madame Emilie Sibour.

Tout s'anime ici bas, la fleur a son langage,
L'air embaumé du soir provoque nos soupirs,
La cloche qui résonne au sein de l'ermitage
Réveille les échos, nos plus chers souvenirs !

Des oiseaux dans le ciel nous cherchons le ramage,
Les rossignols chanteurs attardés aux buissons,
Le vent quand il n'est pas précurseur de l'orage ,
Au murmure des eaux ajoutant ses chansons.

Ce qui nous plait aussi c'est nous charmant l'oreille,
Tous les mots caressants d'une bouche vermeille
Nous parlant à la fois, d'espérance et d'amours :

Mais non c'est plus encor ; c'est la voix d'une mère
Qui nous tient sur son sein et nous fait la prière
De ne pas l'oublier et de l'aimer toujours.

NOTRE RÉUNION INTIME

DU DIMANCHE

Le dimanche, au matin, quand je saisis mon luth,
Je sens frémir mes doigts sous la sainte harmonie,
Est–ce orgueil ou talent, ou pure fantaisie?
Je consulte le ciel sans voir quel est mon but !

L'orgueil! je n'en ai pas; je connais trop de choses
Et le destin cruel de l'objet tant vanté ,
Et les feuilles d'automne et la chute des roses
Me redisent souvent que tout est vanité !

Non, j'écris pour écrire, et ce n'est pas mystère,
Mon unique motif est celui de vous plaire,
Lorsque je réussis, c'est que je pense à vous !

Ce charmant souvenir rajeunit tous mes rêves,
Il s'attache à ma muse , et l'inspire sans trèves ,
En lui dictant des vers aussi tendres que doux.

LA DESTINÉE FUTURE.

OU

LE BONHEUR DANS LE CIEL

———

On dit que dans le ciel où tout se réunit
Pour charmer nos loisirs et grandir notre ivresse,
Nous aurons devant nous, l'éternelle jeunesse,
Des plaisirs partagés avec calme et sans bruit.

Là, rien qui nous rappelle un monde sublunaire,
Pas de temps, ou de mois, indiquant les saisons,
De changement surtout, d'orage, ou de colère,
Ni le soleil ardent qui brûle les moissons.

Mais non, d'un lac d'azur, la très douce harmonie
Des anges la voix tendre, une suite infinie
De bonheurs survivant à la longueur des jours :

Et nous conserverons, comme grâce divine,
La brise avec les fleurs ! notre joie enfantine,
Tous les mots d'ici bas qui nous parlaient d'amours.

LES ETRENNES D'UN GRAND PÈRE

Dédié à mon petit fils Henri Libert

———

Que t'offrir, o mon fils, qui soit moins éphémère,
Que tous ces beaux cadeaux, vains jouets des enfants!
Le sabre ou le fusil? la ceinture légère?
Tout disparaît bientôt, tout s'use avant le temps.

D'un baiser envoyé, la caresse si tendre
S'affaiblit dans son cours, et trompe notre espoir,
C'est l'ombre d'un bonheur qu'on veut toujours attendre
Une rose effeuillée et qui meurt vers le soir.

Mais il est de ces dons, brillant à chaque aurore,
Inventés par l'esprit, que le cœur fait éclore,
D'une muse enchantée immortel souvenir!

Mon cher Henri, les vers! grave-les dans ta tête,
Et que surtout aussi, ta bouche les répète,
Tu ne peux me causer un plus charmant plaisir.

UN BEAU JOUR

Dédié à mon cher Galas

Par la vague entraîné sur l'océan de l'âge
D'où vient que le soleil m'offre encor un beau jour?
C'est que mon cœur aimant sait puiser au rivage
Tous les fragments épars de tendresse et d'amour.

Autrefois le rayon en perçant le nuage,
Me donnait la gaîté, me charmait tour à tour,
Aujourd'hui plus paisible à l'abri de l'orage.
J'accepte du Passé la séduisante cour.

Ne sois pas inquiet! ton nom est sur ma bouche,
Comme le talisman qui nous plait et nous touche,
Qui chasse la tristesse, en éclairant mon ciel !

Plus tard il reviendra, dans l'heure d'insomnie,
Quand l'ordre du destin menacera ma vie,
M'offrant un doux repos aux pieds de l'Eternel.

2

REGRETS SUR SAINT-LOUIS

Bientôt, je n'aurai plus ni de chants ni de lyre
Car mon Luth fort usé s'échappe de mes doigts
Tout nous fuit maintenant: la foi que nous inspire,
L'étoile d'Orient et le sceptre des rois !

Comment pouvoir vanter le glorieux martyre
Du monarque captif, les vertus, les exploits?
Quand le peuple est ingrat, quand le peuple conspire
Oublieux des grandeurs, des haut-faits d'autrefois

Il ne se souvient plus de cette auguste scène
Lorsque le prince assis à l'ombre du vieux chêne
Assemblait ses sujets, accommodait leurs droits:

Dans ce temps là, pourtant la France était bien belle
Et crainte et vénérée!.. on se rapprochait d'elle
Pour suivre avec amour sa justice et ses lois.

ARRIVÉE DU MESSIE

Où trouver pour la fête une heure mieux choisie,
Prends ton luth à deux mains, o toi, poète ardent !
Les lévites sacrés proclament le Messie
Et chantent l'hosanna devant le noble enfant !

Quand il vint sur la terre il calma la souffrance
Du peuple qui tremblait sous un joug odieux :
Il fit libre l'esclave... et rendit l'espérance
Préchant la vérité, détruisant les faux-Dieux.

Ce temps est loin de nous, et l'orgueil nous dévore,
Dans des liens plus durs nous gémissons encore.
Lucifer s'est caché sous l'habit du penseur :

Philosophe imprudent ! atome aux pieds d'argile,
Lance contre la foi ton argument stérile
Tu me parais bien pâle auprès du Rédempteur.

TROIS AGES DE L'HOMME

Que de fleuves ont fui vers les lointains rivages
Emportant avec eux mes vœux et mes soupirs ;
Laissant un peu partout dans leurs lits, sur les plages
Les échos palpitants de mes brûlants désirs !

Ma jeunesse a passé comme une onde légère.
Qui glisse avec amour sur un tapis de fleurs
Et l'âge mûr aussi, dans sa coupe éphémère
Mêlait au doux plaisir la joie et les honneurs.

Ce n'était qu'un mensonge ! et ma triste pensée
Soumise au poids des ans soudain s'est effacée
M'enlevant à la fois le bonheur et l'espoir ;

Pourtant l'astre divin dans sa course féconde,
Sème tous ses rayons en éclairant le monde,
Et son plus bel effet n'a lieu que vers le soir.

CE QU'ON AIME LE MIEUX!

J'aime le son du cor, les chants harmonieux,
Le murmure de l'eau serpentant aux Prairies,
Des échos merveilleux les tendres mélodies
Ou le parfum des fleurs se répandant aux cieux!

J'aime aussi les bosquets, les grands bois, le vallon,
Le tintement léger des cloches de village,
Quand la brise se meurt ou s'éteint au rivage
Bien loin du bruit des flots, de l'affreux aquilon.

Ce qui me plait encor, je n'ose vous le dire,
Car tout cœur innocent le craint et le désire,
C'est dans un rêve pur un doux baiser d'amour

Que celle qui le donne ait surtout robe blanche,
Une couronne au front, que son regard se penche
Comme un simple rayon qui promet un beau jour.

INSOMNIE

Le Ciel a-t-il versé sur toi sa coupe amère,
Es-tu déjà marqué pour l'éternelle nuit ?
O toi, qui souriais à la brise légère,
Qui narguais la tempête et dormais dans le bruit,

Des flots d'or et d'azur s'épanchaient dans l'arène
Où tu rêvais, en paix, songeant au doux plaisir,
Le temps s'écoulait vite, et ton âme, sans peine,
A chaque heure fuyant attachait un désir !

Aujourd'hui, sans retour un odieux silence
Sur le lit de Procuste a cloué ta souffrance,
Ton œil est entr'ouvert et renonce au sommeil :

Hélas ! il ne vient pas; la cruelle insomnie
Dans sa mortelle étreinte, emprisonne ta vie,
Qui n'a pas de repos, n'aura pas de réveil.

LE 17 MARS 1836

ou

SOUVENIR DE MA FILLE ROSE

Que j'aimais à fêter ta joyeuse naissance
Lorsque ce mois, ma fille, offrait un si beau jour,
Quand l'horizon d'azur germait notre espérance
En nous faisant goûter tant d'ivresse et d'amour !

Un rayon de ton âme était notre assistance
Cher ange descendu de l'éternel séjour,
Tu nous donnais la voix de la reconnaissance
Pour bénir l'éternel, l'adorer tour à tour.

Maintenant du bonheur la coupe est renversée
Y songer désormais, serait chose insensée,
Car la nuit s'épaissit sous le poids de ton deuil !

C'est plus ! le front meurtri s'inclinant vers l'abîme
Te cherche en pâlissant, noble et tendre victime,
Et voudrait s'abriter dans le même cercueil.

SOUVENIR DE NOYON

A ma Tante de Neuflieux.

———

Quand le rapide vol de mes jeunes années
En phare étincelant se montre devant moi,
Hélas ! je pense à vous, ô mes belles journées,
A tous ces grands bonheurs, cause de mon émoi

Parmi tant de faveurs qui me furent données,
Mon plus doux souvenir, ô cher Noyon, c'est toi,
Toi la ville des fleurs, des vierges couronnées,
Toi dont l'auguste muse abritait Saint Eloi !

Si mon esprit s'arrête à ta splendeur antique,
Si mon œil fixe encor ta haute Basilique
Mon cœur d'un autre charme est surpris à son tour :

C'est l'éclatante voix de la reconnaissance,
Pour tous les soins offerts à ma joyeuse enfance
Qui me couvre à la fois de parfum et d'amour.

A MA COUSINE AVEUGLE

ELMA ESMÉNARD

———

Si parfois je bénis le beau feu qui m'inspire,
Si j'applaudis souvent de généreux efforts
C'est que j'aime celui qui souffre et qui désire,
Que pour le consoler s'animent mes transports !

Oui, lorsque ma pensée, hélas, pauvre martyre,
Te suit en soupirant vers de modestes bords,
Je voudrais qu'aussitôt les cordes de ma lyre
Modulassent pour toi les plus touchants accords.

Joignant ma faible voix à celle de ton frère,
Je voudrais te porter sur la brise légère •
De notre cœur ému le chant doux, solennel !

Sans doute qu'il pourrait en charmant ton oreille,
De ce nouveau printemps te cacher la merveille,
Te forcer d'oublier le beau rayon du ciel.

UNE ERREUR D'ENFANT

Tu veux donc que j'écrive à la tendre Isabelle,
Et que pour trop tarder, je demande pardon :
Enfin que puis-je avoir de commun avec elle,
Moi qui ne suis, hélas, ni croquet, ni bonbon ?

Si je pouvais encor prendre forme nouvelle,
De la mouche dorée, ou du bleu papillon,
J'irais, traversant l'air, caresser de mon aile,
Son front délicieux et son joli menton ;

Tiens, tu devrais gaîment lui raconter la chose,
Attacher son esprit à ma métamorphose,
Dire que sur les fleurs j'exerce un doux larcin ;

Saisissant ausitot l'agréable folie,
Par sa joie et l'espoir doublement embellie,
On la verrait courir et m'attendre au jardin.

LES ENNUIS DE L'ABSENCE

ou

SOUVENIR DE MES FILLES

Eprise de chagrin et de mélancolie,
Ma muse est insensible au retour du Printemps,
Et ne s'aperçoit pas que la terre embellie,
Etale avec amour ses trésors abondants ;

Ah ! que lui font l'aspect de la verte prairie,
De l'horizon doré les feux étincelants ?
Rien ne peut désormais charmer sa rêverie,
Et ne saurait non plus colorer ses accents.

Le parfum exhalé de chaque fleur nouvelle,
Ne vaut pas le regard de ma tendre Isabelle,
Ni son joli baiser si rempli de douceur !

Et dans tout l'univers, est-il bien quelque chose,
Qui puisse se mirer au bel éclat de Rose,
Quand son front est empreint de joie et de candeur ?

MON PLUS DOUX SONNET

Dédié à Madame d'H.

Quand un rayon plus pur a coloré le jour,
Quand le chagrin te quitte aussi, ma bien aimée,
Est–ce l'effet, dis–moi, de la brise embaumée,
Qui verse dans ton cœur l'espérance et l'amour?

Le triste souvenir qui veut fuir à son tour,
A–t–il fait place au rêve, hélas, qui t'a charmée,
Ou n'aperçois-tu pas l'auréole enflammée,
De tous les biens promis au céleste séjour ?

Mais non, point de pensers ni de songe éphémère,
Il faut si peu de chose au désir d'une mère,
Les yeux bleus d'un enfant! son orgueil, son flambeau !

Il faut le regard tendre, et l'aimable sourire,
De l'ange qu'elle étreint, et qui semble lui dire :
Pourquoi pleurer ainsi quand le ciel est si beau?

MORT DE L'ARCHEVÊQUE SIBOUR

Sur le mont Golgotha, quand mourut le Sauveur,
L'obscurité fut grande à l'aspect de ce crime,
Dieu voulut achever l'œuvre du Rédempteur,
Et la terre trembla jusqu'au fond de l'abîme !

C'est ainsi que le ciel marque son doigt vengeur,
En recueillant le sang d'une auguste victime,
L'univers s'assombrit, éclate de douleur,
Quand l'homme est trois fois saint et son trépas sublime !

Qu'il tombe moissonné pour ses chères brebis,
Ou frappé d'un poignard sur les sacrés parvis,
On rencontre partout l'effroi de l'agonie.

Mais ces gémissements et tous ces bruits divers,
Tous ces flots agités sur l'océan des mers
Se taisent à la fois devant l'ange qui prie !

COMPLIMENT

A MADAME BOUCHET

———

Vous demandez des vers — Ce n'est pas peu de chose
De fixer ici bas le langage des Dieux,
D'emprisonner des mots qu'on pourrait lire en prose
Afin de mieux flatter et l'oreille et les yeux.

Pour vous plaire il faudrait plus d'une apothéose,
D'un poète divin le ton harmonieux,
Chanter les près, les bois, la bouche demi close
De l'enfant qui s'endort sous le regard des cieux.

Voyez mon embarras. Mais cependant, j'y pense,
Il est un choix bien doux qui d'effort me dispense:
Vous dire simplement ce que je sens au cœur.

Dans ce salon, madame, en ces heures charmantes,
Quand l'air est parfumé de notes enivrantes
Qui font rêver d'amour, de joie et de bonheur.

CRUEL DÉSESPOIR

Qu'est-ce donc que la vie où tout flatte l'idole,
Sous le titre pompeux de la prospérité,
Quand la gloire, ici-bas, n'est qu'un triste symbole
Du néant trop·cruel, ou de l'adversité !

L'amour n'est que vain mot, une étroite chimère
Qui, comme un feu follet, bleuit notre horizon,
Le supplice du cœur... une affreuse misère,
Des soucis dévorants, le douloureux poison.

Un grand roi nous le dit : souvent femme varie,
Malheureux qui l'écoute et bien fou qui s'y fie,
J'en sais une, pourtant, qui ne trompe jamais :

Son teint est fort livide et sa voix lamentable,
Mais elle a son secret — quelque chose de stable
Et dans ses bras meurtris, on peut dormir en paix.

HOMMAGE A CASSIS

Parcourant tes bosquets, tes vergers, tes ombrages,
Malgré moi, je rêvais aux bords de l'Hélicon,
Et le bois des Vieux-Pins affrontant tous les âges.
Me rappelait la Grèce et le sacré vallon !

Sans doute qu'admirant tes bienheureux rivages,
Barthélemy, ton fils ! si savant et si bon !
Sous ton souffle embaumé, retrouvait les images,
Des lieux si longtemps chers aux enfants d'Apollon.

Du jeune Anacharsis c'était bien la patrie,
L'ile de Ténédos, ou les mers d'Ionie,
Tous leurs rochers battus, et blanchis par les flots !

Mais non, il préférait les soupirs, le murmure
Du beau lac azuré dont l'eau calme et si pure
Abritait son doux chant au pied de tes coteaux.

L'ATTENTE DU PRINTEMPS

Pourquoi tant demeurer sur le lointain rivage,
O toi que j'attendais, tu reviendras bien tard !
Tu devais pour moi seul abréger ton voyage,
Mon âme est désolée en pleurant ton départ.

Rien ne peut aujourd'hui contenter son envie,
Modérer les transports de ses brûlants désirs,
Qu'il est triste en effet quand on passe sa vie,
Exhalant ses chagrins, sa plainte et ses soupirs !

Il faut pour apaiser cette soif dévorante,
Ton retour, o printemps ! et la brise odorante,
Et les vivants échos sachant parler d'amours !

Il faut tes doux rayons, enfant de la nature !
Mettre à nu ton beau sein paré de sa verdure,
Etalant tes trésors qui nous charment toujours.

NAISSANCE DE RÉNÉ

Encore un doux fragment de l'essence divine,
Qui vient de se poser sur un beau front naissant,
Encore un rêve d'or ! une joie enfantine,
Qui fait germer l'espoir dans mon cœur palpitant.

O mon fils, tu parais, et mon humeur chagrine,
Comme un songe exilé, se dissipe à l'instant,
Cher ange, tu parais ! et dejà je devine,
Entre le ciel et nous ce gage si touchant !

Oui, c'est ainsi que Dieu, dans sa miséricorde,
Ecarte la douleur, et le don qu'il accorde,
Est un bienfait nouveau quand le bonheur s'enfuit !

Ainsi que sa bonté préparait ton aurore,
Que tu devais briller comme un gai météore,
Enbrasant l'univers dans une sombre nuit.

MOIS DE DÉCEMBRE

DOULEUR POUR UNE AMIE.

Mois triste et sans soleil ! époque lamentable !
Quatre décembre ! ô jour qui vis couler nospleurs:
Ah ! pourquoi raviver la peine inconsolable
De celle qui perdit la plus tendre des sœurs !

Ne pouvais-tu voiler cette heure inexorable
Dans un rêve, endormir le plus grand des malheurs ?
Il est de ces sommeils dont l'appui secourable
Etouffe le chagrin, ou calme les douleurs.

Mais non, tu viens à nous fatal anniversaire,
Rappelant les vertus, la mémoire si chère
D'un cœur trop bon, trop pur, et créé pour le ciel !

Pourquoi ne pas vanter sa gloire sans pareille,
Et d'un nouveau miracle, opérant la merveille,
Nous la montrer assise aux pieds de l'Eternel.

SONNET

Dédié à ma cousine Léa Esménard.

———

Si le charmant auteur, qu'admire encor ma muse,
A de son âme éprise, exhalé de beaux vers,
Si Pétrarque, illustrant les sources de Vaucluse,
De ses nombreux sonnets, étonna l'univers ;

C'est que la tendre Laure, habile en fait de ruse,
Avait su se parer de mille attraits divers,
Et que le jeu d'amour, dont souvent on abuse,
Séduisit ce grand homme, en lui rivant des fers.

Mais vous, chère Léa, dont le noble héritage
Des vertus d'autrefois est le moindre avantage,
Vous qui possédez tout... esprit, talent, beauté;

Il n'est pas de Poète, à son pinceau fidèle,
Qui voulant honorer un si parfait modèle,
Ne marche, d'un pas sûr, à l'Immortalité.

A SA SŒUR

MA COUSINE BLANCHE

Qui me demandait des vers.

———

Quel désir est tombé de ta lèvre bénie,
Cher ange, aux yeux d'ébène, au sourire enchanteur,
Ne sais-tu pas, enfant, que charmer ton envie,
Serait trop dangereux pour l'improvisateur ?

Quand l'astre radieux enlève à la prairie,
Ses parfums odorants, son éclat, sa splendeur,
Quand, par son trop d'amour chaque rose est flétrie,
Que puis-je, faible humain pour toi, ma belle fleur?

Hélas ! si je voulais te consacrer ma veille,
De tes divins attraits, raconter la merveille,
Sans doute, il me faudrait toute une éternité :

Que dis-je? il faudrait plus; il faudrait du courage,
Pygmalion jadis, adorait son ouvrage,
Dans le rêve trompeur de l'immortalité.

MORT D'UNE MÈRE

—

O vous qui pleurez tant, des amis, une sœur,
Un bien plus cher encore, une épouse adorée,
Voyez s'il est en vous comparable douleur.
A celle que je sens dans mon âme éplorée ?

Que de trésors hélas scellés dans le tombeau,
Toi fille, et tendre mère, et compagne fidèle,
Rien ne peut effacer ma tristesse éternelle,
Adoucir mon regret pour un songe aussi beau !

Cependant une voix, très douce après l'orage,
La voix de Dieu me dit, ranimant mon courage,
De la morte, agréant les charmes, les vertus :

Pense aux deux orphelins et calme ta souffrance,
Car tu devras, pour eux, accueillir l'espérance,
Et leur parler souvent de celle qui n'est plus.

DISPARUE A VINGT ANS

Rose, l'herbe qui croît sur ton ombre si chère,
Et qui sème l'oubli dans la nuit du tombeau,
Ne change rien, hélas, à ma douleur amère,
Ne saurait adoucir un mal toujours nouveau !

Non, car l'illusion veille sur ma misère,
Ajoutant à mon deuil le rêve le plus beau,
Ton amoureuse voix me dit encore : Espère !
Le même rayon d'or brille sur ton berceau.

Ma fille ! en ce dédale où se perd ma pensée,
Dans ce livre où je lis : toute joie effacée !
Surgit un sentiment nécessaire au mortel :

C'est la foi dans le Dieu qui règle les tempêtes,
Qui verse tout à coup le néant sur nos têtes,
Et nous fait adorer son décret éternel.

A MLLE TRICHON

PRIX DE CHANT ET DE DÉCLAMATION AU CONSERVATOIRE

On a beau voyager sur la terre ou sur l'onde,
Pendant plus de cent ans, on ne saurait trouver
Une suave voix, plus belle et plus féconde,
Qui fasse aimer le ciel, en même temps rêver !

Que le peintre, à nos yeux, étale ses batailles,
Des guerriers rehaussant la gloire et la valeur,
Il ne plait qu'au regard, encor les funérailles,
Tourmentent notre esprit, ensanglantent le cœur.

Mais vous, Clio, Thalie, o sœur de Melpomène,
Marguerite dans Faust, et même, Célimène,
Vous nous électrisez par vos divins accords !

Des muses, vous avez tous les dons en partage,
Vous êtes leur émule, et leur vivante image,
Un mot de votre bouche excite nos transports.

A Mᴸᴸᴱ PONS

PROFESSEUR DE CHANT, PRIX DU CONSERVATOIRE

J'aime un brillant orchestre, une ardente harmonie,
Le bruit retentissant des instruments divers,
Pour l'oreille surtout la douce mélodie,
Et l'ordre si parfait qui préside aux concerts.

Quand la foule est au temple, ou se presse au portique,
Lorsque le pur encens fume encore à l'autel,
J'aime écouter le chant de l'ange Séraphique,
Double parfum d'amour qui monte vers le Ciel !

Mais toi, c'est beaucoup plus, toi, sœur de Philomèle,
Dont la flexible voix nous trouble et nous rappelle
Du rossignol plaintif la tendre et vive ardeur:

Que de ravissements charment notre pensée,
Sous ton accord divin l'heure s'est effacée,
Nous plongeant tout à coup dans un rêve enchanteur.

DÉDIÉ A MES AMIS

DU COLLÈGE DE COMPIÈGNE

Quand à nous réunir l'amitié me convie,
Dans mon esprit, j'entends deux sons bien différents,
Je veux prendre mon Luth et la raison s'écrie :
A ton âge, on n'a plus la verve de vingt ans !

De son côté, le cœur excite mon envie,
Me rappelant soudain tous nos plaisirs d'enfants,
Compiègne, ses grands bois ! et sourtout l'harmonie,
Qui nous suivait partout, dans nos jeux, sur les bancs.

Amis, vous le voyez, pour célébrer la fête,
Que de doux souvenirs sont éclos dans ma tête,
Que ne peut accepter le cadre du sonnet :

Pourtant, quatorze vers vaudraient un long Poème,
S'ils pouvaient vous prouver à quel point je vous aime,
En semant mille fleurs au milieu du banquet.

ENCOURAGEMENT

A

UNE JEUNE FILLE POÈTE

———

Chère muse, pourquoi, de ton langage d'or,
Retenir les accents, la suave harmonie ?
Pourquoi borner sitôt les effets du génie,
Quand la voix du Poète est un si doux trésor ?

Courage, mon enfant, je te le dis encor,
Remplis ton sein d'ardeur, d'amour, de rêverie,
Ton ciel sera plus beau, ta page plus fleurie,
Si du secret penchant tu suis l'aimable essor.

Laisse passer le flot, l'indifférence humaine,
Malgré leur volonté, tu seras souveraine,
Dirigeant à la fois et l'esprit et les cœurs :

Tu sais, dans les dangers, quand l'erreur nous domine,
L'ange parait bientôt sur les bords de l'abime,
Toujours pour nous sauver, ou calmer nos douleurs.

MES VŒUX EN 1877

Quand Dieu créa la Terre, il créa l'espérance,
La foi, la charité, les sublimes vertus !
Il donna son amour pour calmer la souffrance,
Nous n'avons pas compris : nos fronts son abattus.

Sur les aîles du temps, dans l'océan des âges,
Douze mois vont passer emportant nos soupirs,
Ne laissant dans nos cœurs que de tristes images,
Du bonheur imparfait ! que de vagues désirs !

Que je voudrais, hélas, à la nouvelle aurore,
Emprunter l'harmonie au feu qui nous colore,
Puiser dans l'horizon, dans l'azur d'un beau ciel :

Mais non, le vice affreux a creusé les abimes,
L'égarement fatal accumule les crimes,
Et nous devons prier aux pieds de l'Eternel.

DEUXIÈME SONNET

Dédié à Saint-Louis

———

Du haut de l'Elysée où ton esprit réside
O Monarque pieux, défenseur de la foi,
Que ta sainte bonté nous serve encor d'égide
En donnant à nos cœurs ton courage de roi !

Ton âme a dû gémir au bruit de nos défaites
Toi vaillant chevalier, héros de Taillebourg !
Quand l'ennemi cruel assura ses conquêtes
Par le double larcin de Metz et de Strasbourg.

Sur nos champs dévastés souffle enfin ton génie,
Et de la France en deuil termine l'agonie,
Son Peuple est défaillant et se livre aux remords :

Il ne faut pas beaucoup de soldats de ta race,
Pour vaincre l'Allemand, confondre son audace;
Et ramener vers nous tous nos riches trésors.

Mlle LAURENTINE ÉTIENNE

On prétend qu'Eve un jour en se voyant si belle,
Tressaillit tout à coup de plaisir, de bonheur,
Quand le cristal des eaux lui rendit si fidèle
Pour la première fois son visage enchanteur.

De ses attraits divins, la subite étincelle
Avait trompé ses sens, évoqué son ardeur,
Et le regard d'amour qui se penchait sur elle
Lui donnait en riant tous les baisers du cœur;

Notre Mère pourtant n'avait pas tous tes charmes,
Et des dons si parfaits les séduisantes armes
Qui mettraient à tes pieds les archanges du Ciel !

Non, car elle ignorait la voix et le sourire,
Les mots si caressants que tu sais si bien dire,
Et que je goûte encore, aussi doux que le miel.

DEUXIÈME SONNET

Offert à la même.

———

Tu dis que fatigué de ma longue carrière,
Plus tard, j'irai m'asseoir à vos foyers amis,
Que chacun, me voyant, me nommera son frère,
Que Salon sera fier d'un aussi noble fils !

C'est ainsi que ta voix, si pure et si légère,
Par son langage d'or, veut calmer mes ennuis,
Que m'annonçant déjà le bonheur que j'espère,
Elle adoucit ma tache, en augmentant son prix,

Ma sœur, tu dois juger de ma reconnaissance,
J'ai dans mon tendre amour, choisi de préférence
Le mur où tu naquis pour planter mon drapeau !

Et son ciel éclatant qui si souvent m'inspire,
Doucement fait vibrer les cordes de ma lyre,
En donnant la richesse à mon faible pinceau.

VANITÉ DES PROJETS

Dédié à un Ami

———

Hier, je vous ai vu, triste était ma pensée,
De songer que le temps emporte le désir,
Que le projet se perd dans chaque heure effacée,
En laissant après lui le regret, le soupir !

Pour nous, j'avais rêvé la brillante épopée,
Causer des noms fameux, d'un riant avenir :
D'attacher notre gloire à quelque grande épée,
Eh bien ! ce vœu si cher, je n'ai pu l'obtenir.

Pourquoi ? je n'en sais rien ; tout nous fuit en ce monde,
Les amours et les fleurs ! la brise en suivant l'onde,
Le rayon disparaît au bel azur du ciel !

Ami, vous le savez, pour les choses prospères,
Il faut monter plus haut, bien loin de nos misères,
Tout devient immuable aux pieds de l'Eternel:

UN REMÈDE SOUVERAIN

Mortel ! pardonne moi, si je prends la parole,
J'aperçois ta douleur, ton front chargé d'ennuis :
Je suis seule à porter la manne qui console,
J'ai connu tes parents, et tes nombreux amis.

Si le mal n'est pas fort, c'est assez de mon frère
Qui prépare avec art de charmantes douceurs,
Souvent il peut calmer les chagrins, la misère,
Au contact des rayons, des parfums et des fleurs !

Quand le malheur est grand, il demande autre chose,
Lorsqu'il faut effacer la souffrance et sa cause,
En silence éternel, changer le triste sort :

Le beau rôle est à moi, doucement je m'avance,
De mon cher messager révoque la sentence,
Lui, n'était que le *temps,* et moi, je suis la mort.

4

LE SOURIRE DANS LES LARMES

Le fleuve a débordé, la nuit est encor sombre,
Et sous un poids de fer gémit le genre humain,
Il a beau s'agiter, son ennemi, dans l'ombre,
L'abreuve de soucis, sans prononcer : demain !

Demain ! ce mot magique où naît tant d'espérance !
Et que nous invoquons pour le moindre désir,
Instant où doit sonner l'heure de délivrance
Quand l'homme peut s'éteindre, hélas dans un soupir !

Que de vœux j'ai formés ! le Poète est un frère,
Venant par de doux chants consoler la misère,
Allégeant, bien souvent, le fardeau des douleurs !

Parfois il est prophète ! Ah ! j'aperçois l'aurore,
Sous son aile abritant le flambeau qui colore
Le rayon bleu du ciel tarissant tous les pleurs.

LE RETOUR DU PRINTEMPS

———

Tout est mensonge, hélas, dans le monde où nous sommes,
Honneurs et dignités! tout s'incline au néant,
On ne doit accorder aux vains projets des hommes,
Que bonheurs passagers, le plaisir d'un instant!

Durée! éternité! que de mots éphémères,
Prodigués méchamment au pauvre esprit humain,
C'est un rayon qui glisse au milieu des misères,
Feu follet qui paraît, et disparaît soudain!

Mais, il est une amie, au cœur plein d'allégresse,
Qui se pare pour nous, nous donne sa caresse,
Semant partout l'amour, les parfums et les fleurs!

Ah! vous le savez bien: c'est la saison nouvelle,
Revenant, tous les ans, plus suave et plus belle,
Dans son calice d'or enfermant nos douleurs.

CONSEIL EN POÉSIE

N'use pas ton cerveau pour chercher quelque chose,
Tout doit venir à point, et paraître en son temps,
Il faut peu de travail pour colorer la rose,
Parfumant l'univers, et brillant au printemps !

Et puis ce sentiment qui seul n'a pas de date,
Que l'on appelle amour, si cruel et si doux,
Est dû, le plus souvent, au hasard qui nous flatte,
Au regard caressant qui s'épanche vers nous.

Attends pour ton pinceau le rayon qui colore,
Les vallons et les bois, pour ta muse sonore,
L'air si pur du matin, ou la brise du soir :

Ou bien, ce qui vaut mieux, que la bonté divine
Fasse naître en ton cœur une joie enfantine,
A l'aspect du beau ciel qui redonne l'espoir.

L'ANGE DU FOYER

A

Mademoiselle Marie R^ut

Si l'amour du prochain qui si souvent nous charme,
Pouvait, un jour, voiler mes soucis dévorants,
J'invoquerais la muse , et bravant toute alarme,
Mon Luth retentirait des sons les plus vibrants !

Sans doute, je voudrais célébrer la victoire,
Comme Ossian, chanter le combat de nos preux,
Enfant, j'aimais Homère, et relisais l'histoire
Que le divin poète étalait à mes yeux :

Aujourd'hui, j'ai choisi plus suave harmonie,
La beauté, la candeur, le talent, le génie,
S'unissant à ma voix, éveillent les échos :

Vous, porteur de ces dons, encouragez mon zèle,
Vous, l'ange du foyer ! vous, le parfait modèle,
A mes vers inspirés assurez les bravos.

ESPOIR DÉÇU

———

Pourquoi baiser ainsi les anneaux de ta chaîne,
A ce bonheur rêver, l'espérer comme un bien,
Ne vois-tu pas sombrer le charme qui t'entraîne,
Quel cœur peut se donner en partageant le tien ?

Le lierre, tu le sais, s'attache au bras du chêne,
Pour trouver son abri, sa force et son soutien,
Et la rose obéit, heureuse qu'on la prenne,
Heureuse de mourir en parfumant ton sein !

Mais toi ! que peux-tu donc offrir à cette belle,
Qui puisse l'attendrir, ou qui soit digne d'elle,
Le langage amoureux que l'on dérobe au Ciel ?

Hélas ! elle n'a rien qui te soit favorable,
Et quand tu la revois, son beau regard t'accable,
D'un superbe mépris, d'un dédain solennel.

LE REGRET DU PASSÉ

———

Quand le front s'alourdit, et s'incline à son tour,
Nous retrouvons encor les plaisirs du jeune âge,
Car les fleurs à nos pieds, conservent leur langage,
Le soleil nous sourit, et nous parle d'amour.

Ah ! ne repousse pas ces élans de tendresse
Qui berçaient autrefois ton esprit agité,
N'avais-tu pas juré, dans tes jours d'allégresse,
D'adorer une fois.... et pour l'Eternité !

Contre ce pacte saint que peut la blanche neige ?
Ou le souci des ans qui parfois nous assiège
Qui ne saurait ternir, éteindre ce flambeau !

De ce ruisseau qui passe, entends-tu le murmure,
Baignant les mêmes bords, et la même verdure,
Il nous répète aussi d'aimer jusqu'au tombeau.

LA CHARITÉ

Offert à Madame Bin Glle

Au favori des arts il faut un grand modèle,
Pour que son nom fameux soit à jamais vanté,
Moïse a Michel-Ange, et Vénus, Praxitèle,
Tous quatre sont inscrits pour la postérité !

Dans mon enthousiasme, à ma muse fidèle,
Il est vrai, je pourrais célébrer ta beauté :
Un intérêt plus cher vient éclairer mon zèle,
Mon cœur a prononcé le mot de Charité !

Je sais, combien de pleurs tu sèches sur ta route :
Et le jour et la nuit ! le pauvre qui t'écoute,
Dans ton vol matinal, croit voir un Dieu sauveur !

Ne l'es-tu pas aussi ? Céleste Providence !
Toi qui portes l'obole, et donnes l'espérance,
Qui, sous ton or discrèt, sais calmer la douleur.

PREMIÈRE COMMUNION

A SAINT-DENIS

J'entends toujours vos chants s'exhaler aux portiques,
Comme un gage de paix, comme un parfum d'amour,
Eh dans la nuit, je vois vos beaux fronts Séraphiques,
Se courber vers l'autel, s'élever tour-à-tour :

Que de zèle et de soins, que de saintes pratiques,
Pour bien solenniser ce mémorable jour,
Que d'ordre et de grandeur ! vos droits hiérarchiques
Nous rendent tout l'éclat de la céleste Cour !

Pieux recueillement ! O spectacle sublime !
Ah ! tu sèmes l'effroi sur les bords de l'âbime
En dissipant soudain les projets des méchants.

Car, dans sa pureté, le bel ange qui prie,
Sous l'emblême imposant de l'*Honneur et Patrie*,
Ne peut offrir à Dieu qu'un agréable encens.

MON ODYSSÉE

Quand je songe parfois au chemin parcouru,
Quel doux ressouvenir orne mon odyssée !
Que de perles, surtout, ont charmé ma pensée,
Baume enivrant qui sort du calice où j'ai bu.

Ici, c'est toi, Marseille, au séduisant rivage,
Dont le lac argenté provoque notre chant :
Là bas, c'est la Bretagne ! avec son roc sauvage,
Ses châteaux féodaux, son tremblant océan !

Mais, allons bien plus loin, voguons vers l'Algérie,
Vers la Corse au ciel bleu, vers la belle Italie,
Où fier j'ai passé sous l'habit de soldat :

A toi pays du Dante, à toi ma préférence,
Toi l'amour du Poète, et sa chère espérance,
Car tu traitas toujours sa Muse avec éclat.

PRONOSTIC POUR RÉNÉ

———

O mon cher rejeton, éclos dans la tempête,
Je lis ton avenir, sans chagrin, sans émoi,
Et dans mon doux penser, ton destin qui s'apprête
N'est pas rangé, non plus, sous la commune loi.

Mon esprit repoussant les apprêts de la fête,
L'ivresse d'un repos trop indigne de toi,
Ne veut pas que la fée épuise sur ta tête.
Les plaisirs, les honneurs, ou le bonheur d'un roi.

Oh non ! pour toi, Réné, je rêve plus de gloire,
Que le danger surtout assure ta victoire,
Et qu'il serve toujours ta mâle activité !

Je veux pour toi, mon fils, l'épreuve du courage,
Que tu livres ton cœur au souffle de l'orage,
Car l'homme est bien plus beau dans son adversité.

Dédié à Mlle Valentine du B^{et}

———

On m'a souvent parlé de simples violettes,
Se cachant dans les bois, et semant leur odeur,
Et des roses aussi, sensibles et discrètes,
Se tenant à l'écart, loin des yeux, loin du cœur !

Leur tâche est d'adresser un sourire à l'aurore,
Une prière à Dieu, leur bonheur ! leur espoir !
De s'agiter parfois, quand la brise sonore,
Les surprend, un peu trop, sous les baisers du soir !

Pour vous, ma chère enfant, ces fleurs sont un symbole,
Auprès de bons parents, dont vous êtes l'idole,
Vous croissez doucement, sans souhait, sans désir!

Mais quand viendra, pour vous, l'heure du diadème,
Quand on prononcera le tendre mot : je t'aime !
Alors vous tremblerez, ce sera de plaisir.

LE ROMAN DE LA VIE

Roman ! quand à la vie attachant l'espérance,
Nous croyons naviguer sous un ciel azuré,
Le plus beau lac se ride, et bientôt la souffrance,
Remplace à l'horizon le bonheur désiré !

Roman ! quand nous avons de vains projets en tête,
Tressés de diamants, de nacre, ou de rubis,
Au seuil du firmament apparaît la tempête,
Car les pleurs sont voilés par les fleurs et les ris !

Hélas ! que faire alors dans ce monde frivole,
Où tout tombe glacé, comme tombait l'idole,
Où chaque instant de joie est troublé par le deuil ?

Chercher dans l'univers une flamme naissante,
Un cœur aimant assez pour braver la tourmente,
La terre, sans cela, n'est qu'un vaste linceul.

LES AMOURS D'UNE PERRUCHE

———

Quand on fait des sonnets, étroite est la limite,
Pour ne pas retomber dans les sentiers battus,
Derrière le passé, le poète s'abrite,
En chantant la beauté, la gloire et les vertus !

Poursuivi par les ans—ma mémoire est petite,
Mon esprit devient lent, et je ne rêve plus :
Pour vous plaire aujourd'hui, vainement je m'agite,
Je ne rencontre rien, mes soins sont superflus.

Mais si, je trouve encor quelque chose à vous dire,
Bien simple et bien coquet, très digne de ma lyre,
Réveillant ma pensée et parlant à mon cœur :

C'est l'amour d'un ami, de l'oiseau qui m'appelle,
Qui darde contre moi son ardente prunelle,
Tremblant et frémissant d'espoir et de bonheur.

PORTRAIT

DE M᎐ᵉ BLANCHE SEQᵗ

———

Elle passe parfois, elle cache ses yeux,
Vous les montrer serait une étrange folie,
Les anges, les voyant, en auraient de l'envie,
Rien n'est si beau sur terre, et même dans les cieux !

Si je vous dis cela, c'est que toujours fidèle,
Ce portrait séduisant est gravé dans mon cœur,
Je ne puis l'effacer : triomphante, éternelle,
L'image redoutée excite mon ardeur ;

Taille souple, élégante, et grace sans pareille,
Teint de lys et de rose, ornent cette merveille,
Que je ne puis vanter, car ce serait en vain !

Pour peindre avec bonheur, une chose aussi rare,
Il faudrait, selon moi, la plume de Pindare
Inspiré tout-à-coup par un souffle divin.

LE RÊVE DE L'IMMORTALITÉ

———

Enfin, j'ai découvert le secret de mon rêve,
De la pauvre folie excitant mon désir,
De ce songe léger qui, chaque nuit, sans trêve,
Accourait sur ma couche, et venait m'assaillir.

Soit ange ou bien démon, on m'attachait des ailes,
Dans l'espace infini, je nageais sans effort,
En suivant le sillon des tendres hirondelles,
Ce n'était pourtant pas un présage de mort.

Mais non, j'ai bien compris, et l'augure est fort sage,
C'est d'un don généreux la séduisante image,
Que ce superbe vol bravant l'immensité !

J'ai trouvé l'aiguillon qui flatte mon envie,
La flamme des élus... la gloire, ou le génie
Promettant le brevet de l'Immortalité.

REPROCHE AU PRINTEMPS

Ami, que fais–tu donc ? Pourquoi venir si tard ?
Qui peut te retenir sur le lointain rivage,
En me laissant ici victime de l'orage,
Désirer ton approche, et souffrir du retard ?

Depuis près de neuf mois que tu fuis ma présence,
Je languis : rien ne peut consoler mon espoir,
Aucun songe ne fait oublier ton absence
Quand l'aquilon mugit, s'agite vers le soir.

Déjà le poids des ans m'annonce la misère,
Qu'il me faut le contact de la brise légère,
Et tous les rayons d'or rappelant les amours !

Ces dons si bienfaisants, si chers à la nature,
Tu les as, ô Printemps ! orné de ta verdure,
Et semant la chaleur sur nos nuits et nos jours.

5

LE NOM DE BLANCHE

Dédié à Mademoiselle B° M¹

———

Quand pour chérir la muse, on a la vive ardeur,
Quand on a devant soi frais et charmant visage ,
La grâce avec l'esprit, ce superbe héritage,
Pour la plume c'est tout, beaucoup trop pour le cœur !

Et puis, ce nom de *Blanche* a bien son avantage,
Il rappelle la paix, la joie et la douceur :
L'oiseau qui quittant l'arche, après les nuits d'orage,
Annonça les beaux jours; le pardon du Seigneur;

Que j'aime à le rêver, et sourtout à l'écrire,
Ce mot qui fait vibrer les cordes de ma lyre,
Comme un écho lointain !. une brise du soir !

Du ciel et du bonheur, c'est déjà la promesse,
D'un soleil de printemps la suave caresse,
Et pour l'époux bientôt, le ravissant espoir.

Dédié a Mlle Valentine M^{ka}.

———

Quel est ce songe d'or qui te tient sous sa loi ?
Je t'aperçois d'ici, ta bouche est demi-close :
Ton front est radieux!.. c'est sans doute une rose,
Qui tourne, avec bonheur, sa corolle vers toi ?

Ah! vraiment, c'est charmant! mais plus parfaite chose,
Se lie avec les fleurs, et je saisis, ma foi !
Le brillant papillon, la brise sont la cause,
Qui trouble ton sommeil, te donne un peu d'émoi !

Voilà bien une erreur ! mon idée est légère,
Ce qui t'occupe, enfant, c'est le vœu de ton père,
Qui puise au firmament le plus riant des jours :

C'est le projet d'hymen qui déroule sa chaîne,
Créant l'illusion, l'ivresse qui t'entraine,
Illuminant ton cœur et te parlant d'amours.

LE MARABOUT DE SIDI BRAHIM

Ami, te souviens-tu de la cite d'Isaure,
Lorsque, gaî, tu vivais au milieu des soldats,
Quand le souffle du Tasse, ou de l'amant de Laure ,
Enflammait ton ardeur, ton amour des combats !

C'était le bon vieux temps ! on ne parlait que guerre ,
Dans l'Afrique indomptée on bravait le trépas :
Hélas ! que de Héros ont mordu la poussière,
Du bataillon aîlé (1), dont tu suivais les pas.

Que de noms ont grandi le suprême holocauste,
O vous brave Géreaux, Chargère, et Froment-Coste,
Et toi surtout Dutertre ! o cœur le plus vaillant !

Un sanglant marabout a gardé la mémoire,
De ces faits glorieux, inscrits dans notre histoire,
Monument éternel, et phare étincelant.

(1) Chasseurs à pied.

DESESPOIR

D'UN VIEUX CÉLADON

———

Vous qui voyez l'état de mon ardeur souffrante,
Contemplez l'Océan, ses flots tumultueux,
En mesurant le poids de l'onde frémissante,
Vous aurez tous les pleurs s'échappant de mes yeux.

Vous riez.. et pourtant je n'ai plus d'espérance,
Depuis que mon regard s'insurge contre moi.
Lui, qui me chérissait depuis ma tendre enfance,
A semé dans mon sein, et le trouble et l'effroi.

De celle que j'adore, il me fait voir l'image,
Rapprochant sa beauté des traits de mon visage
Pour mieux m'humilier, et me dicter mon sort :

Il a menti pourtant, je le sens à mon âme,
A mon cœur qui s'hexale en des torrents de flamme,
Cent ans ne sont pas trop pour aimer aussi fort.

DOULEUR

A PROPOS DE LA FÊTE D'UN PÈRE

Pas de ciel assez pur où ne germe l'orage,
Sous les feux éclatants du plus bel horizon,
Pas de paisible lac s'abritant au rivage
Qui, sur son sein d'azur, n'ait un léger frisson.

Des flots battus aussi, notre vie est l'image,
La tristesse s'attache au plus faible rayon,
Et quand la joie, hélas, veut nous donner un gage,
Le destin s'en irrite, et verse son poison.

Si j'accorde un sourire à ma brillante aurore,
Le jour que nous aimons soudain se décolore,
Ne laissant, après lui, qu'amertume et douleur :

C'est ma fête aujourd'hui, hier c'était la sienne,
Je dois, en souvenir de son âme chrétienne,
Accepter le calice, et repousser la fleur.

LE 7 FÉVRIER 1877

ou

LE CONVOI FUNÈBRE Mlle NOELY BORY.

Muse, suspends ton vol, adoucis tes accents,
Auprès du corbillard, quand la foule se presse,
Neuf heures du matin... O douleur ! ô tristesse !
La pauvre morte, hélas, ne comptait que seize ans !.

Seize ans ! le comprends-tu ? c'est l'aube de la vie,
Et la fleur qui paraît dans l'éclat du printemps !
C'est l'espoir du bonheur tenant l'âme asservie,
Ah ! répands sur ce deuil, et la myrrhe et l'encens.

Je ne l'ai pas connue... et pourtant son image
Soulevant le rideau, sera pour moi le gage,
Que la terre est néant ! que le Ciel est le port !

En voyant la jeunesse attachée à la tombe,
Tant de grâce et d'âmour ! et l'ange qui succombe,
On se prend à rêver, à désirer la mort.

Dédié à Mlle Marie F^les

———

Hier, dans le parterre, en retrouvant les roses,
Je me suis senti pris de crainte et de frayeur,
Oui, lorsqu'en admirant tant a 'agréables choses,
Votre nom, tout à coup, s'est fixé sur mon cœur.

Je pourrais l'indiquer... je serai plus prudent,
Hélas ! vous le cacher sera grande souffrance,
Les charmes, les vertus, ordonnent le silence,
On peut faner la fleur rien qu'en la regardant.

Je sais que de beaux sons illustreraient ma lyre,
Si ma muse agitait le doux feu qui m'inspire,
Que de trésors d'amour jailliraient de mes doigts !

Mais, devant le soleil, il faut baisser la vue,
Quand l'astre trop brillant vient à percer la nue,
Quand le rayon trop clair nous soumet à ses lois.

DEUXIÈME SONNET

à Mademoiselle Trichon

POUR L'ENCOURAGER A REPRENDRE SON CHANT

Je n'entends plus la voix qui charmait mon oreille,
Qui caressait mon cœur par ses brillants accords,
Séduisante magie !... étonnante merveille,
A mon âme attachant tant de brûlants transports !...

Hélas ! j'ai bien compris que, durant ce grand deuil,
Vous deviez concentrer votre douleur immense,
De la nuit des tombeaux imiter le silence,
Isolée à l'écart, évitant tout accueil.

Mais lui qui se nourrit de céleste harmonie,
Attend les doux accents de la fille chérie
Qui faisait son orgueil, et qui guidait ses pas :

Vous le savez, les morts, dans d'autres hémisphères,
De leurs amis nombreux, écoutent les prières
Savourant les plaisirs qu'ils avaient ici-bas.

SOUHAIT PATRIOTIQUE

ou

L'ESPOIR DE LA REVANCHE

Hélas, le temps va couper cette trame
De l'existence où tout est agité,
Rêves d'amour ! amitié, douce flamme,
Charmants bonheurs qui m'avez abrité !

Pourquoi faut-il qu'à l'instant où mon âme,
Croit entrevoir la divine clarté,
Un souvenir, épouvantable drame,
De ses rayons ternisse la beauté ?

Mais non, bientôt renaitra l'espérance,
D'autres destins illustreront la France
En lui rendant les biens qu'elle a perdus :

Strasbourg et Metz ! et vous, chères provinces,
Pays conquis par la fureur des Princes,
Vous reviendrez... moi je ne serai plus.

L'ARABE A SON COURSIER

J'aime, o gentil coursier, ton épaisse crinière,
Quand son brillant fil d'or se joue au gré du vent,
J'aime tes jarrets fins, et ta pose si fière,
De tes membres nerveux le contour élégant.

Ce qui me plait encor, c'est ton ardeur guerrière,
Quand, le corps agité d'un long frémissement,
Tu ralentis ton vol pour franchir la barrière,
Ou mesurer, d'un bond, la largeur du torrent !

Mais, moi fils, tu le sais !. enfant de noble race,
Que je puis retenir, ou presser ton audace,
Modérer les transports de ton courage altier :

Tu sais, que si jamais, ma parole était vaine,
Ta blanche écume irait au buisson de la plaine,
Ton beau sang rougirait ton joli mors d'acier.

LA ROSE ET L'ENFANT

Comme un ange couché sur un lit de verdure,
Un enfant sommeillait, en songeant aux oiseaux,
A la brise, au soleil, à nos riants coteaux,
Son esprit et son rêve allaient à l'aventure.

Sa mère, auprès de lui, le regardait dormir,
Quand soudain une rose, échappée à l'orage,
Vint tomber sur le sol, effleurer son visage,
Celui-ci la prenant, lui dit, dans un soupir :

Ma petite, où vas–tu ? si le destin m'entraine,
Au hasard, au ruisseau, peut–être à cette plaine,
Qu'on appelle la mort !. lui répondit la fleur ;

La mort ! ah, qu'est cela ? c'est sans doute l'abeille
Qui voulait me piquer ; et l'enfant se réveille,
Criant tout aussitôt : pauvre maman ! j'ai peur.

MARIAGE DE MA FILLE

Isabelle, les fleurs qui couronnent ta tête,
Nos vœux réalisés par ce contrat divin,
Ce sont les rayons d'or qui brisent la tempête,
Et font briller aussi ton généreux destin ;

Que de joie étalée en ce beau jour de fête,
De promesses d'amour dans le nouvel Eden,
On dirait que Dieu même assure la conquête
Du bonheur annoncé par ce seul mot : Hymen !

Ah ! pour moi qui vécus si loin de ton enfance,
Dont le cœur fut souvent trahi par l'espérance,
Qui ne comptais pas trop sur l'auguste réveil :

C'est un regard du ciel... des songes d'harmonie,
Qui charmeront mes ans et ma douce insomnie,
Avant de m'endormir dans l'éternel sommeil.

NAISSANCE DE ROSE

Elixir qui souvent a calmé ma souffrance,
Art divin que mon cœur sut si bien définir,
Sublime Poésie ! ô toi, dont la puissance
D'opales, de rubis, orne le souvenir !

Muse ! tu n'aurais fait qu'embellir la naissance
De celle qui promit un heureux avenir,
Qu'exhaler les parfums semés sur son enfance,
Que je devrais encor t'aimer, et te bénir.

Continue à garder, sous ton précieux voile,
Les reflets bienfaisants de la splendide étoile
Qui parut, tout-à-coup, sur son riant berceau :

Et les songes légers germeront dans ma vie,
Et je ne craindrai plus que la douce insomnie
Qui colore d'amour les portes du tombeau.

SONNET

SUR MADEMOISELLE DE MONGELAS

———

Je connais son regard, dont l'éclat est si tendre,
Qu'il en rehausse encor le charme et la beauté,
Et l'esprit du Poète, oh non, ne saurait rendre
Tout ce qu'il doit cacher d'inéffable bonté.

Puis sa touchante voix ! on croit toujours l'entendre
Dans un rêve enchanteur, ou d'immortalité,
Son gracieux sourire ! ah, chacun peut le prendre
Pour un baiser d'amour de la Divinité.

A vanter les trésors dont elle est souveraine,
Je le vois aujourd'hui, ma tâche serait vaine,
Ce terrible danger, je veux le fuir, hélas !

J'aime mieux contenter mon cœur et mon envie,
Adorer le portrait dont mon âme est ravie,
En répétant souvent le nom de Mongelas.

L'AUMÔNE

Donnez, puisque la bise assiège votre porte,
Donnez, n'attendez pas que l'hiver soit passé :
Donnez, l'orsqu'une mère, en tremblant vous apporte,
Un tout petit enfant dont le corps est glacé !

Donnez, puisque le frère, oublieux de son frère,
N'a pas, pour le nourrir inventé quelque loi,
Quand le destin fatal propage la misère,
Quand le cœur est aveugle, et dit chacun pour soi.

O vous, qui prétendez régenter notre France,
Serviteurs si zélés ! rendez lui l'espérance,
Vous pourrez avoir droit à l'immortalité !

Le Pays, de sa gloire, a fait le sacrifice,
Il attend son réveil, un nouveau frontispice
Où l'on lise ces mots : *Plus de mendicité.*

COUP D'ÉPÉE A UN AMI

Au portrait ravissant que tu fais de ta belle,
Je te plains d'exhaler un tendre vœu pour elle,
Aimer ce que Dieu seul a dû créer pour lui,
C'est être malheureux, et beaucoup trop hardi !

Quand mon cœur est tremblant, et tristement chancelle,
Quand ma voix se refuse à chanter l'infidèle,
Ne crains-tu pas, enfant, le pouvoir ennemi
Des charmes que tu vois, qui causent ton ennui ?

Oui, cher ami, renonce à ce bonheur qui tue,
Ne porte pas ainsi ton regard vers la nue ;
Chaque soupir, hélas ! t'enlève plus d'un jour :

Si du Ciel, près de toi, la beauté souveraine,
A voulu te séduire en prenant forme humaine,
N'enlace pas ta vie à son perfide amour.

6

A Mlle Léontine Desterbecq

ARTISTE DE TOULOUSE, MORTE DANS UN NAUFRAGE

Léontine, pourquoi mêler d'autre richesse
Aux diamants épars de ton brillant écrin ?
Oui, faire évanouir nos bravos, notre ivresse,
En rêvant, loin de nous, un plus riant destin.

Toi dont l'art merveilleux, la voix enchanteresse,
Evoquent nos transports, et notre amour divin,
Toi, dont les yeux si doux impriment leur caresse
A chaque mot sublime échappé de ton sein !

La gloire ! diras-tu ? mais Toulouse ta mère,
Cette cité d'Isaure, et juge si sévère
Recompensa ton chant, ta grâce et ta beauté !

C'est elle qui tressant ta couronne jolie,
Encouragea si bien l'essor de ton génie,
Et signa ton brevet pour l'immortalité.

AIMER TROP C'EST MOURIR

A Mademoiselle Blanche M^{ut}.

Pour toi, que je voudrais être le Dieu qui donne,
Pour soumettre à tes lois, les plaisirs, les amours,
En posant sur ton front l'immortelle couronne
Des bonheurs sans nuage, et qui charment toujours.

J'ajouterais encore au printemps qui rayonne,
Des fleurs j'embellirais la grâce et les contours,
Les fleurs que tu chéris ! sur ce qui t'environne
Répandant leurs parfums et l'éclat des beaux jours !

Mais d'où vient, qu'à l'instant, mon âme est attendrie,
En voyant sur ton sein une rose flétrie,
Exhalant son doux rêve en un dernier soupir ?

Triste pressentiment pour tout ce qui s'efface,
Qui brûle le matin, et vers la nuit se glace,
La rose t'aimait trop, aimer trop c'est mourir.

UNE FEMME ENDORMIE

Comme elle est belle à voir cette femme qui dort,
Sa paupière entr'ouverte, et son sein qui palpite,
Semblent répondre encor au songe qui l'agite,
Au bonheur exhalé ! sans doute un rêve d'or ?

Pense-t-elle aux beaux jours de son adolescence,
Au père bien-aimé qu'elle embrassait le soir ?
A sa mère chérie, aux plaisirs de l'enfance,
Quand l'aube matinale apportait tant d'espoir !

Mais non, le bleu fantôme a soulevé les roses,
Dans l'ombre de ses nuits, de plus charmantes choses
Traversent son esprit et pénétrent son cœur :

Elle a perdu son fils ! toujours sa tendre image
Sur sa couche apparait, et couvre son image
De mille doux baisers qui prouvent son ardeur :

PRIÈRE AU TEMPS

ou

SOUVENIR A LA PROVENCE

O toi qui fuis bien loin en emportant nos rêves,
Terrible fleuve, hélas, que l'on appelle Temps !
Qui sèmes, en passant sur nos lacs et nos grèves,
Tes fragiles anneaux, tous nos projets d'enfants !

Modère ton élan, ta course aventureuse,
Quand je veux m'arrêter sous le ciel étoilé,
Quand les jours son si beaux, quand la vie est heureuse,
Devant l'horizon bleu qui n'est jamais voilé.

N'entends-tu pas ce bruit ? c'est l'écho de Provence,
C'est la brise embaumée arrivant en cadence,
Excitant le transport ! irritant le désir !

Ami, pour moi c'est plus! c'est zéphyr qui caresse,
Le frère des amours, demandant pour promesse,
Que sur ce lit de fleurs, je consente à mourir.

LA MORT DU SAUVEUR

Venez dans le lieu saint contempler sa souffrance,
O vous tous qui pleurez sur votre Rédempteur:
Songez que c'est pour vous l'ancre de l'espérance
L'instrument du supplice où périt le Sauveur.

Quelle fut son angoisse avant le sacrifice,
Tout près du Golgotha, quand aux jours de terreur,
Il pria, par trois fois, d'écarter le calice
De sa lèvre bénie où germait la douleur.

Chrétiens! courbez vos fronts, après l'œuvre accomplie,
Quand monta vers le ciel sa cruelle agonie,
Le sol fut agité d'un long frémissement !

La mer au loin gronda, les échos retentirent,
L'éclair brisa la nue, et les tombeaux s'ouvrirent,
L'Homme-Dien qui mourait, mourait en trionphant.

VERS

pour l'Album de Mademoiselle Marie Gt.

Marie ! oh quel doux mot ! combien il est aimable,
Sur terre et dans le Ciel, le nom que vous portez:
Que je voudrais l'inscrire, en lettre ineffaçable,
Sur le charmant album que vous me présentez !

A défaut de succès dans l'art incomparable
Que le poète évoque, et que vous admirez ;
Je demande au printemps son appui secourable,
Qu'il exauce pour nous ce que vous désirez.

Oui, j'appelle sur vous les parfums de la brise,
Les suaves senteurs, dont votre âme est éprise,
Au bienfaisant réveil, quand naissent les beaux jours !

Car je sais que la fleur, dont vous êtes l'emblême,
Ne peut orner longtemps votre gaî diadème,
Sans notre souvenir que vous aimez toujours.

LA GROTTE DE NEPTUNE

A BONIFACIO

Parmi les grands tableaux, ouvrages de nature,
Assemblages divers que mon œil admira :
Je citerai Tellout (1), fontaine au doux murmure
En cascades tombant, le saut de la Mina ! (2)

Plus près de nous encor, la plage solitaire,
De la vieille Armorique aux bords hospitaliers (3),
Quand gronde l'Océan ! quand les flots en colère
A cent mètres de haut découpent les rochers !

Mais non, car maintenant l'orage m'importune,
J'aime mieux rappeler la grotte de Neptune,
D'un cintre merveilleux l'étonnante beauté !

Sous une voûte épaisse, entrant à pleines voiles,
La barque fuyant l'onde, et perdant les étoiles,
Retrouve tout à coup la divine clarté.

(1) Près de Tlemcen.
(2) A Relizanne.
(3) *La mer sauvage* à Belle Ile.

RÊVE AVORTÉ

A ma Nièce Louise Sibour

———

Toi, dont l'âge est si tendre, ô toi dont le visage
Ne devait refléter que joie et que bonheur,
Qui pouvait concevoir que tant de jours d'orage
Courberaient ton beau front sous le poids des douleurs?

Pourtant, j'avais reçu comme un charmant présage,
Quand le riant destin m'accordait ses faveurs,
Mon touchant hyménée! espoir! précieux gage
Qui dans mon rêve, hélas, tarissait tous les pleurs!

Oui, reportant vers toi mon doux regard de Père,
Je voulais, par mes soins et mon amour sincère,
De tes premiers malheurs combler l'adversité:

Je voulais... mais pourquoi rappeler cette envie,
Pourquoi former des vœux en cette triste vie,
Lorsque tout obéit au mot : Fatalité !

A MA FILLE ROSE

A L'APPROCHE DU CHOLÉRA

———

Quand de malheurs affreux la page se déploie
Comment dire le nom du fléau triomphant,
Sans menacer, hélas, ton innocente joie,
Sans comprimer l'azur de tes rêves d'enfant ?

Mais aussi, lorsqu'au deuil, tant de monde est en proie,
Quand l'éclair a brillé sur le foyer tremblant,
Lorsqu'il nous reste encor la belle et sainte voie
D'implorer du Très-Haut l'appui si consolant ;

Ange ! qui mieux que toi remplira cet office,
Quel agneau plus candide, et prêt au sacrifice,
Saura du Dieu vengeur désarmer le courroux ?

Il n'est rien qui ne cède à la simple prière,
Pieux langage écrit dans le cœur de ta mère,
Encens plein d'harmonie ! et si pur et si doux !

LA FLEUR DU SOUVENIR

Dédié à ma Cousine Mme Roux de Brignoles

Parmi les douces fleurs dont vous êtes l'image,
Provoquant le plaisir que l'on goûte ici–bas,
Cousine, il en est une échappant à l'orage
Ne se fanant jamais, sans pâleur ni trépas !

Voyez, elle a pourtant la fraîcheur bien–aimée
De ces jolis bouquets faisant germer l'espoir,
Soit corolle brillante, ou rose parfumée
Sous nos baisers brûlants s'effeuillant vers le soir.

Faut-il vous la citer ? Vous devinez peut–être,
La pensée est sa sœur, toujours prête à renaître,
Elle arrive à propos pour charmer le désir.

Pour moi, je la conserve, elle orne ma couronne
D'un riche diamant... tendrement, je lui donne
Le nom que vous aimez, la fleur du souvenir.

LE PALAIS DES ARTS

A LONGCHAMPS

Edifice éternel de splendeur et de gloire,
Que l'on voit chaque jour, et qu'on admire encor,
Jamais plus beau triomphe et plus belle victoire,
Lorsque l'heure bénit ton gracieux décor.

Réjouis-toi ! Marseille !.. aux pages de l'histoire,
Ton nom s'inscrira mieux par ce riche trésor :
Le commerce éclatant si cher à ta mémoire,
Ne vaut pas ce Palais, plus brillant que ton or !

On dirait, en voyant cet étonnant ouvrage,
Qu'un nouveau Phidias en a conçu l'image,
Et du génie antique a produit les effets !

Merveilleux Parthénon !. Près d'elle comme un rêve,
La mer, dans son transport, doucement se soulève,
Voulant t'offrir ses flots, amoureux et discrets.

STABAT MATER DOLOROSA

Pendant le Sacrifice au pied de la Croix Sainte,
La vierge qui pleurait, dont Jésus était né,
O mystère éclatant ! Sans proférer de plainte,
Se tenait en silence et le corps prosterné.

Sa muette douleur ne laissait nulle empreinte
Sur le divin mandat au salut destiné,
Et le pouvoir de Dieu savait tarir la crainte
De son doux cœur de mère à souffrir condamné.

Aussi, lorsque du Christ, la voix triste et mourante
De son père implorant la volonté puissante,
Priait pour ses bourreaux, ses cruels ennemis !

Elle saisit le sens de l'auguste parole
Qui recommandait Jean à l'amour qui console,
Par ces mots bien-aimés : Femme, voilà ton fils !

SONNET

A ma Cousine Elma

———

L'Ange avait dit pourtant : « Envolez-vous ma sœur !
« Venez goûter là-haut une paix éternelle,
« La joie inaltérable et le divin bonheur
« Que promet l'Elysée à l'âme douce et belle ! »

Alors, de notre Dieu la céleste splendeur
Faisait jaillir sur toi sa plus vive étinceile :
Et pour suivre aussitôt le guide tentateur,
Aux plaisirs d'ici-bas, tu restais infidèle !

D'où vient qu'avant d'atteindre au bienheureux séjour,
Tu renonças au Ciel, à ce paisible amour,
A l'heure d'agonie et de noble espérance ?

C'est que l'on sent toujours un regret à mourir,
A laisser ses amis, seuls combattre et souffrir,
Quand on est, pour eux tous, une autre Providence.

SINCÈRE HOMMAGE

à Mademoiselle B.

Je croyais n'avoir plus de cordes à ma lyre,
Ayant tout épuisé: la louange et l'encens !
Quand une voix nouvelle, et me touche et m'inspire,
Jamais, je n'écoutais de semblables accents !

Ce n'est pas seulement ce qui flatte l'oreille,
Chef d'œuvre d'harmonie, et rempli de douceur,
Qui fait le plus rêver, ah! de cette merveille,
Ce sont les traits divins , la grâce et la candeur !

Je voudrais bien, lecteur, te vanter son visage,
De ses brillants accords, le suprême apanage,
Mais ton cœur souffrirait d'un récit aussi beau:

Son nom ! tu le sauras ; tu brules de l'apprendre
Car bientôt, immortel, chacun pourra l'entendre,
Ce cher ange du ciel s'appelle *Bidalot.*

LE CHANT DU CYGNE

———

Pourquoi chanter ainsi, nouvel Anacréon,
Sans redouter l'assaut et les rigueurs de l'âge ?
Ta voix semble une brise, échappée à l'orage,
Qui se cache, un instant, dans le secret vallon !

Un plus jeune que toi, souvent est trop volage,
Trop distrait pour rêver, n'aime pas la chanson,
Il est trop étranger aux périls du naufrage,
Pour semer l'immortelle aux bords de l'Hélicon !

La neige avec les fleurs vont bien à la prairie,
Et le cœur du vieillard, si plein de mélodie,
Exhale son doux chant dans son dernier soupir.

A l'entendre, on dirait qu'il brave les tempêtes ;
Et la foudre du ciel qui gronde sur nos têtes,
Car le luth à la main, il est prêt à mourir.

LA FEUILLE

O mortel, tu te plains de tes chagrins sans nombre,
De peines que souvent tu peux cacher dans l'ombre
      Au milieu de tes noirs soucis.
Dans sa bonté, le ciel te couvre de largesses ;
Tu n'as qu'à désirer de nouvelles richesses,
      Un baume égal à tes ennuis.

Et moi, quel est mon sort ? A l'air je me balance
Pour dérober ton front aux ardeurs de l'été :
Ma riante couleur t'apporte l'espérance,
      Toujours la joie et la santé.

Pourtant l'hiver approche, et rien ne me protège ;
Le froid couvre la terre. A la première neige
      Mon corps s'étiole et palit ;
Puis le trépas arrive, et m'arrache à la branche,
Le vent m'envoie au loin chercher sous l'avalanche
      Du néant l'éternelle nuit !

7

LE DOUX RAYON DU PASSÉ

Ah ! tout n'est vraiment que mensonge,
Biens d'ici-bas !... Pauvre et vain songe,
Dans le sommeil de nos ennuis !
L'un veut avoir la renommée,
La gloire qui n'est que fumée
Et qui cause tant de soucis ;
L'autre s'attache à la richesse,
A l'or, qui séduit et caresse,
Promettant de fausses grandeurs !
Moi, qui suis un peu Diogène,
Que tout offense et que tout gêne,
Je fais, ma foi, fi des honneurs...
Que reste-t-il dans cette vie,
Quand chaque rêve est effacé ?
Le parfum d'une fleur amie ;
C'est le doux rayon du passé !

LA MÉLANCOLIE

Tu fais vibrer dans l'âme une voix si jolie,
Tu nous berces toujours du songe le plus cher,
Tu dois être ange, hélas ! douce fille de l'air,
    Par ta pieuse rêverie !

Secondant nos pensers, nos généreux désirs,
Tendre mélancolie ! aimable voyageuse !
Tu sais flatter surtout notre flamme amoureuse
    Par de trop heureux souvenirs !

Fidèle à nos regrets, fidèle à la prière,
Tu viens aussi t'asseoir au banquet du malheur,
De la tombe évoquer l'image d'une sœur
    Pour l'offrir aux baisers d'un frère.

Ah ! j'aime tes plaisirs, ton bonheur tant vanté,
Et ton noble ascendant sur les âmes souffrantes ;
J'aime quand tu taris nos larmes si brûlantes
    Sous ton élixir enchanté !

L'AMITIÉ

Ce n'est pas le torrent qui s'élance et bruit,
Qui marque avec fureur son passage rapide,
Que l'on aime à rêver... Mais bien une eau limpide
    Qui lentement s'étale et fuit.

Ainsi du sentiment, paisible et solitaire,
Dont le cours généreux ne livre à nos transports
Que plaisirs ravissants, que fraternels accords,
    Qu'un bonheur calme et sans mystère.

Oui, nous te préférons, ô divine amitié
Toi dont le Ciel est pur, toi dont la fleur bénie
Se cueille sans soupirs, et sur l'âme ravie
    Exerce un pouvoir doux, sacré :

Ne t'invoquons-nous pas quand menace l'orage,
Quand du mal nous sentons le fardeau souverain ;
Quand celui qui chancelle a besoin d'une main
    Qui le protège et l'encourage ?

Ne sais-tu pas donner la force et la vigueur,
Etouffer les chagrins et les remords de l'âme,
Eteindre pour toujours la dangereuse flamme
    Qui peut ternir l'éclat du cœur:

LE FRUIT DÉFENDU

Depuis que dame Eve pécha,
Certain jour en mangeant la pomme,
Plus d'une femme l'imita
Sans prendre le conseil de l'homme.

Ce matin, allant au jardin,
Je vis s'enfuir ma bonne, Lise,
Puis, se cacher derrière un pin,
Pour dévorer une cerise
Qu'elle avait prise à son voisin.

Pécher ainsi, c'est peu de chose,
Car c'est un tout petit larcin :
C'e n'est pas bien mal, je suppose,
Mais qu'avait Lise dans son sein ?
C'était un poulet du voisin !

Poulet veut dire un billet tendre,
Où l'on ne parle que d'amours,

Mots bien trouvés, faits pour s'entendre,
Où l'on promet tous les beaux jours.

Dans celui-ci, que de merveilles
Charmaient le cœur et les oreilles,
On en était tout ébahi !
En l'écoutant rougit la rose,
Fermant sa bouche demi-close,
Hélas, ce n'était pas fini !

Car l'amant de la pauvre fille
Entra soudain dans le verger,
La voyant seule en la charmille,
Et le cruel prit un baiser ;
A cette impardonnable audace
Le parterre fut en émoi,
Les fleurs se voilèrent la face,
Zéphyr se sauva plein d'effroi.

Vous le voyez, ô nobles dames,
Mon Dieu ! que de fruits défendus ;
Quand votre cœur parle à nos âmes
Pour nous, que de bonheurs perdus !

LE CHOIX D'UN ÉPOUX

Clorinde étant riche à l'excès,
Songeait souvent au mariage,
Et se promettait grand succès,
Le plus magnifique partage.
« Je veux, dit-elle, un tendre époux :
Plein de talents, une merveille,
Assez distrait et peu jaloux,
Et d'une humeur sans pareille.
Je veux qu'il ait le nez bien fait,
Bouche petite, et jambe fine,
Qu'il ait de l'esprit à souhait ;
Toujours une joie enfantine !
Pas trop dévot, religieux,
Car dans sa cruelle manie.
Voyant mes défauts, ma folie,
Il pourrait demander aux cieux
Une fille plus accomplie ! »

Clorinde, belle assurément,
En détaillant ainsi la chose,
Selon moi, parlait sagement :
Car malgré le lis et la rose
Cœur volage apparait souvent.

« Je veux qu'il ait bonne tournure,
Noble élégance et ton parfait ;
Que les grâces de sa figure
Partout produisent leur effet.

« Où donc trouver ce phénomène,
Dit-elle, un jour à son papa ?
— Hélas, ma fille... O peine extrême !
Quand ta mère me prit moi-même,
Je n'avais rien de tout cela. »

LA MORT D'UNE MERE

O mort! tu pourrais bien choisir d'autres victimes
Appeler les humains qui ne rêvent que toi,
Et comme une insensée, orgueilleuse de crimes,
　　Ne pas nous étonner d'effroi!

Au trépas maternel crains d'ajouter encore,
En soulevant pour deux un tumulaire bloc:
Car l'eau ne survit pas au vent qui la dévore,
　　Goutte isolée et sur le roc.

Ainsi de l'orpheline exilée au rivage,
Qui perd, en un seul jour, son suprême aliment,
Et qui, pour l'avenir, n'aura plus de courage,
　　Pas une étoile au firmament!

C'était un doux secret, mystère de son âme,
Que cet immense amour par sa mère inspiré,
Elle ne sentait pas d'autre feu, d'autre flamme,
　　Un autre bonheur préféré!

Oui, c'était son flambeau ! sa compagne fidèle !
Un ange protecteur marchant devant ses pas !
Et voyant, à ses pieds, la rose la plus belle
    Elle allait... ne s'arrêtait pas !

Ah ! tu dois préparer une double couronne,
O mort ! et je t'absous de ta rapacité ;
Car l'amie de sa mère, et si tendre et si bonne,
    Ne veut pas de l'éternité.

Non, refusant le prix d'un douloureux martyre,
Et le ravissement que goûtent les heureux,
Elle appelle sa fille, elle pleure et soupire,
    Renonçant au bonheur des cieux.

ROSE

PLEURANT SA GAZELLE

———

O toi, noble étrangère,
Dont la course légère
Egayait le jardin :
Tu n'es plus ma Gazelle,
Ma voix en vain t'appelle,
Hélas, chaque matin !

Je me souviens encore,
De ma brillante aurore,
Quand mon père autrefois
T'amena de l'armée,
Dans ta cage enfermée
Comme un oiseau des bois !

Quand ta corne débile
Apparaissait mobile
Sur ton beau front naissant :
Lorsque ton pied d'ébène

Se reposait à peine
Sur le plancher mouvant.

Ah ! bientôt leste et vive,
Enfant de l'autre rive,
Tu voulais t'échapper ;
Refusant la caresse,
Doux gage de tendresse
Qui ne pouvait tromper !

Oh ! dis—moi, mon amie,
N'étais—tu pas ravie
De l'abri protecteur :
Et loin de tes montagnes
De prendre pour compagnes
Isabelle et sa sœur ?

Notre terre féconde,
Sous le pouvoir de l'onde,
Et d'un rayon plus frais :
Te procurait docile
Un aliment facile
Pour de vains serpolets.

N'étais-tu pas heureuse,
Lorsque la main joyeuse
T'offrait nos fruits divers ;
Quand ta mousse fanée
Etait abandonnée
Au souffle des hivers !

. . . .

. . . .

Mais non pour ta Patrie,
Un souvenir d'envie
Et de secrets pensers ;
En toi faisaient éclore
Le mal qui décolore
L'horizon des vergers.

Une peine cruelle,
Hélas, pauvre gazelle,
Vint bientôt t'assaillir :
Et je te vis souffrante,
Dans mes bras chancelante
Déjà prête à mourir.

Alors dans mes alarmes,
Je surpris quelques larmes
Qui mouillaient tes beaux yeux !
Ta douleur, quand j'y pense,
Etait ma récompense
Car nous pleurions tous deux !

O toi, noble étrangère
Dont la course légère
Egayait le jardin :
Tu n'es plus ma Gazelle,
Ma voix en vain t'appelle
Hélas tout le matin !

LA MORT DU PASSEREAU

A BORD D'UN NAVIRE

———

Beau passereau,
Triste présage
Que ce langage
De ton tombeau.

Dans ta folie,
Pourquoi quitter
Le frais verger
De la patrie ?

N'avais-tu pas
Fleur odorante,
Brise charmante
Pour tes ébats ?

Petit ombrage
Sous le hameau,
Et l'arbrisseau
Près du rivage ?

Riant soleil,
Source limpide,
Aurore humide
A ton réveil ?

La voix bénie
Dans le bosquet,
Le doux caquet
De ton amie ?

Mais non.... car le navire excite ton ardeur,
        Tu le suis, effleurant de l'aile
La plaine aux flots d'azur, au mirage trompeur
        Qui doit bientôt briser ton zèle.

Ah ! tu ne connais pas l'ouragan furieux !
La voix de l'élément qui creuse les abîmes,
Ni le courroux du Ciel, vengeur de tous les crimes,
        N'es-tu pas parti radieux ?

Soudain les feux glissent
Au sommet des mâts,
Et les vents frémissent
En bruyants éclats !

Les dangers funèbres
Troublent tes esprits ;
D'immenses ténèbres
Prolongent tes nuits.

Quand l'onde rapide
S'avance vers toi,
Ah ! tu fuis, timide,
Déjà mort d'effroi !

Hélas ! aux cordages
Tu te pends en vain,
Car des cris sauvages
Te font fuir soudain !

Pour ta délivrance
Point de cœur ami ;
Pour ton espérance,
La mer sans abri !

La faim te dévore :
Hélas ! tu n'as rien ;
Et la soif encore
A brûlé ton sein !

Enfin ton courage,
Pauvre enfant ailé,
Se plie à l'orage,
S'abat résigné.

Et je te vis au pied du haut mât de misaine,
        Plus tard, — triste et mourant,
Lorsque ton œil si noir se colorait à peine
        Des feux de l'horizon brûlant !.....

Et pourtant..... tu songeais à ta chère patrie,
A ces riches berceaux, ivresse de ta vie !
A ce gazon d'amour tant de fois effleuré ;
Même au sable mouvant et dormeur du rivage
Sur lequel une eau pure, à l'éclatant mirage,
        Formait un beau lac azuré !

LA BRISE OU LE RETOUR

O brise si légère,
Aimable messagère,
Près du berceau d'amour :
Va porter la nouvelle
Si riante et si belle
De mon joyeux retour.

Va, ne crains pas l'orage,
Pour mon lointain rivage
Ton vol est assuré :
O brise si docile,
Vois, la mer est tranquille,
Le grand lac azuré !

Va frapper de ton aile
La pauvre balancelle
Qui fait un vain effort :
Et qui s'abat tremblante

Sur cette eau palpitante
Qui rampe vers le port.

Donne—lui mon courage,
En chassant le nuage
De l'horizon brumeux :
Conduis sa blanche voile;
Sous la brillante étoile,
A la face des cieux !

Ah ! suis l'aimable voie
Qui serpente avec joie
Au sein de nos guérêts ;
Près des vertes allées,
Dans les douces vallées,
Objet de nos souhaits!

Ajoute à l'harmonie
De ma chère patrie,
A son chant solennel :
Fais vibrer le feuillage,
Anime le ramage!
Des oiseaux vers le ciel !

Porte à ma fiancée
Ma suave pensée
Sur sa lèvre un soupir,
A mes filles chéries
Charmantes mélodies,
Rêves qui font dormir.

Hélas ! de ton haleine,
Tu briseras sans peine
La boucle des cheveux,
Qui tombe avec ivresse
Sur le front que caresse
Un regard amoureux.

O brise si légère,
Aimable messagère,
Près du berceau d'amour :
Va porter la nouvelle
Si riante et si belle,
De mon joyeux retour.

LES

ÉCHOS DE BRETAGNE

O viens, ma fiancée,
Et sur mes bras posée,
En volant vers les cieux:
Viens effleurer des ailes
Les voûtes éternelles,
Le beau séjour des Dieux !

Oui, promène ta vue,
Des hauteurs de la nue,
Sur le flot des humains :
Et de ma muse amie,
Si tendre compagnie,
Embrasse les destins.

Veux–tu de l'Armorique,
De son castel antique,
Rechercher les échos :
La légende effacée

Sur la pierre brisée
Des longs murs à créneaux.

Druidique rivage,
A l'aspect si sauvage,
Mystère des combats :
Où naît le bruit sonore
De la foudre qui dore
Le sommet des grands mâts !

Mais de la douce plaine,
La voix si souveraine
Contente nos désirs :
La riante verdure,
Séduisante parure,
Evoque nos plaisirs.

Le baiser des Naïades
Et le chant des cascades
Mêlés au son du cor :
Dans les royaux parages
Le vent des équipages
Qui parfois siffle encor.

Cette lune blafarde,
Qui surveille et qui garde
Nos secrets et nos vœux,
Et dont la teinte unie
Verse la sympathie
Aux cœurs ₍des amoureux.

Celle dont la parure
Répand avec usure
Sur l'ombre des forêts,
Sa brillante étincelle
Qui si souvent se mêle
Au jeu des feux follets !

La cloche qui résonne
Et dans la nuit nous donne
Un sentiment d'effroi :
Pauvre plainte exhalée
De notre âme envolée
Au cri sourd du beffroi !

La flèche éblouissante
Prière pénétrante

Qui monte vers le ciel !
Muette voix du monde,
Dont la splendeur féconde
Le soupir éternel !

Image de puissance
Mesurant la distance
De la nue au tombeau :
O clocher dont la cime
Joint le deuil de l'abime
Au rêve du berceau !

. . . .

. . . .

Veux-tu fuir la Bretagne,
Du haut de la montagne
Lire d'affreux destins :
A la crête neigeuse,
Vapeur blanche et poudreuse
Des monts pyrénéens.

Au souffle des cratères
Si dévorants ulcères

Précipiter tes pas :
Quand mugit l'avalanche
Sur le torrent qui penche
Ses eaux avec fracas.

Mais non, tu crains l'orage,
Sous tes pieds le nuage
A l'aspect ténébreux :
Il te faut ta patrie
Et l'air de l'Italie
Dans l'éclat de tes cieux !

Il te faut ta Provence
Où la brise s'élance
Avec un doux parfum :
Là bas où tes bergères
S'échappent si légères
Au son du tambourin.

Tes charmantes prairies
Qui vont toujours fleuries
Vers le lac azuré :
Autour de tes coupoles

Les rondes farandoles
Au pas si mesuré.

Quand ton esprit s'éveille,
Il lui faut la merveille
D'un printemps enchanteur :
Image ravissante
Où puise l'âme ardente,
L'amante du Seigneur !

Les pieuses offrandes
Le tribut des guirlandes
Dans les jours consacrés :
Les vœux à la Madone
Qui console, et qui donne
Tous les songes dorés !

Il lui faut le bocage,
La fraîcheur et l'ombrage
Où l'on rêve toujours,
Touchante mélodie
Berçant l'âme endormie,
Dans d'éternels amours.

LES

ÉCHOS DU CHÉLIF

———

Entends-tu sur la rive
Cette chanson plaintive,
Le murmure des eaux ?
Et dans cette harmonie,
Le doux nom de Patrie
Perdu dans les coteaux.

Vois-tu, le ciel inonde,
De ses rayons féconde
Ainsi le souvenir :
C'est la noble parure,
Qui, dans une âme pure,
Fait naître le plaisir.

C'est la voix solitaire
Qui, suave et légère,
Rappelle un premier bien :
Qui nous donne tremblante

Cette heure triomphante,
Hélas ! sans lendemain.

Le gracieux mirage
Du bonheur du jeune âge
Au soleil argenté,
Lorsque l'esprit docile
Se repose tranquille
Sous le charme abrité !

C'est aussi la pensée
Si fraîche et si rosée
De tous tes songes creux !
Quand tu buvais encore
A la coupe sonore
Des festins amoureux.

Oui, l'image si belle
De cette enfant fidèle
Hélas ! qui te charmait :
Quand son riant sourire
Aimait à te prédire
Un éternel bienfait.

Quand sa parole amie,
Pleine de mélodie,
Se reposait sur toi :
Comme la voix touchante
D'une harpe vibrante
Qui nous remplit d'émoi.

Quand fixé vers la nue,
Tu retrouvais sa vue
Dans l'éclat d'un beau jour :
Surtout lorsque sa flamme
Attachait à ton âme
Tant de pensers d'amour.

Mais hélas ! tout s'efface
Comme l'onde se glace,
On n'est plus vers le soir :
Ainsi du vœu stérile,
Quand sur son lit mobile
S'est endormi l'espoir.

GUERRE DE KABYLIE

Quel est ce beau triomphe illustrant notre gloire,
Ajoutant au passé tout un éclat nouveau,
Au pays des *Raten*, nos longs cris de victoire
    Ont soudain réveillé l'écho !

C'est envain que bravant l'intrépide colonne,
Vous évitez l'obus, et nos fiers cavaliers,
Dans un réseau de feu que le génie ordonne
    Périt l'effort de vos guerriers.

Kabyles ! à quoi bon ce grand quadrilatère
De *Dellys* à *Sétif...* le *Djurjura* géant ?
La France pourra bien ce que Rome a su faire,
    Et vous vaincre en vous séparant.

Ici le canon tonne, et la tribu tremblante
Vers l'Ouest a jeté son regard éperdu,
Drah-el-Miʒan est là pour tromper son attente ,
Tout secours pour elle est perdu.

Churfas et Melikeuchs, au bruit de sa détresse,
Voudraient, des monts neigeux franchir tous les détours:
Comment laisser, hélas, les moissons, la richesse,
Au soldats de Béni-Mançours?

Le succès est complet! après l'élan sublime,
Aujourd'hui l'aigle plane au sommet du Nador,
Mesurant, à la fois, les hauteurs et l'abîme,
Des rives du *Sahel* au Nord !

. . . .

. . . .

Quel choix de généraux a dirigé la foudre,
L'un porte encore au front, dans ses plis valeureux,
L'empreinte du sang russe, et des canons en poudre,
Qu'il broya dans un jour heureux.

L'autre, longtemps connu de la vieille Ibérie,
Aux camps des Guérillas a rêvé l'avenir :
Son ardeur féconda les champs de l'Algérie,
    Et les bords du Guadalquivir.

C'est ainsi que surgit la Trinité si sage,
Honneur à ta pensée !.. Honneur à toi, Randon,
Toi qui voulus le bras pour conjurer l'orage
    De Renault (1) et de Mac-Mahon !

O France ! réjouis-toi de ta noble couronne,
Accepte, avec amour, ce riche et beau fleuron,
Pour les biens de la paix, que le glaive te donne,
    Prépare aussi l'ovation.

---

(1) Parmi les nombreux et précieux autographes que l'Auteur possède, il a une charmante lettre de remerciements du brave et brillant général Renault de *l'arrière-garde*.

LA RAZZIA

Qu'il est beau de les voir dans la plaine brûlante,
Hâter de leurs coursiers l'allure triomphante,
L'œil en feu, l'air terrible, et sans céder aux vents
Les plis de leurs burnous qui collent à leurs flancs,
S'arrêter tout–à–coup dans leur vol intrépide,
En pressant du mousquet la détente homicide
Grands ébats !... noble jeu, qu'en langage arbia
Ces hardis cavaliers nomment fantasia !...
. . . .
Quand sur les monts aussi, cette horde sauvage
Se dresse menaçante, avide de carnage,
Quand par haine surtout du Roumi, du Français,
Elle évoque en fureur l'ombre de Mahomet !
Tout semble s'animer, le sifflement des balles,
Ce signal imposant des nocturnes cabales !
La flamme qui grandit aux silos embrasés
Tous ces troupeaux épars à la fois enlacés !

Puis ces affreux monceaux de débris, de ruine,
Les trésors enlevés à la feinte débine,
Disputés sur les morts, aux mourants arrachés,
Lorsque la soie et l'or d'un sang noir sont tachés.
La honte du Coran ! cette pratique infâme
De décoller la tête, en voulant tuer l'âme,
Lui ravissant, par là, les bonheurs tant promis,
Que tout bon musulman attend du Paradis !.....
Les cris sortant des bois, ou du fond des abîmes,
Les Arabes cernés, fanatiques sublimes !
Qui la vengeance au cœur, préfèrent le trépas,
Que de suivre exilés, la trace de nos pas ;
Triomphe bien amer ! puisqu'il ouvre la tombe,
Au français qui s'éteint, au bédouin qui succombe,
L'un désirant encore son beau rêve avorté !
L'autre buvant d'un trait sa folle éternité !

———

STROPHES D'ADIEUX

A LA VILLE D'AJACCIO

en 1838

———

O ville ! j'aperçois une palme éternelle,
  Et sur ta légende étincelle
Le symbole de gloire et d'immortalité.
Comme un puissant rayon dont le pouvoir magique
Embrase un jeune front de son feu poétique,
  Ainsi tes murs m'ont inspiré !

Que ton golfe est divin ! que tes flots sont limpides !
  Tes sentiers ne sont plus arides,
Et ton sol refleurit au gré de mes pensers !
Quand ton terrible fils, consultant Egérie,
S'avançait lentement vers ta grotte chérie,
  Il admirait tes doux vergers.

Ne crains pas notre oubli, non, la mâle pensée,
    A ta mémoire consacrée,
Longtemps réjouira nos esprits attentifs ;
Longtemps nous parlerons de tes ports, de tes villes,
Corse, au ciel bleu d'azur, aux rivages tranquilles,
    Honorant tes goûts primitifs.

Le soldat voyageur a compris ton langage,
    Et, tout en respectant l'usage,
Sur tes lois de vengeance il a versé des pleurs ;
L'étranger qui s'endort sous le toit pur d'un frère,
Par égard pour ses dons, le plaint dans sa misère,
    Ne voit que ses soins et ses fleurs.

Déjà ton horizon grandit et se colore,
    Et tes mœurs, que le temps dévore,
Vont prendre pour cachet : justice et vérité !
Corse, reçois nos vœux, enfant, soutien de France,
Salut à toi, pays de gloire et d'espérance,
    Salut à l'hospitalité.

A M. F. DE LESSEPS

Lesseps, pour célébrer ton génie et ta gloire
Où trouver une muse et des vers assez beaux ?..
Que de noms trop vantés, si connus dans l'histoire,
N'ont laissé, pour empreinte au temple de mémoire,
Que souvenirs de deuil inscrits sur des tombeaux !

Quand le divin Homère, en son poème épique,
Veut tracer, à grands traits, le combat des géants :
Il peint du jeune Hector le courage héroïque,
D'Achille révolté, la fureur si tragique,
Et n'étale, à nos yeux, que des débris sanglants !

Mais que peut pour ton zèle un vain bruit de batailles,
La guerre, de dix ans, aux plaines d'Ilion ?..
Du commerce du monde abaisser les murailles,
Diriger son élan : au lieu des funérailles,
Voilà ton doux trophée au sol de Pharaon !

En moins de temps encor, ton œuvre est accomplie.
Ton bras a refoulé le sable des déserts ;
L'eau s'échappe empressée, et doublement ravie,
De porter les trésors, d'assurer l'harmonie
Des peuples rapprochés par l'union des mers.

SOUVENIR D'AMOUR

Jour heureux qui parus comme un gai météore,
Etoile ravissante et suave d'odeur,
Immortelle oasis où, triste voyageur,
    Je sens mon front qui se colore.

Si tu venais aux lieux que tu dois embellir,
Orné de ton bandeau de rêve et d'harmonie,
Si tu m'environnais, beau rayon de ma vie,
    Je serais Dieu.... je suis martyr.

Oui, mon cœur s'ouvrirait à ma voix animée,
Pour se confondre aussi dans un commun transport,
Hélas! pour te bénir, pour te chanter encor,
    O toi, ma fille bien aimée.

J'échaufferais mon vol à ce sublime éveil,
A ce premier baiser recueilli sur ta bouche,
Quand ta mère agitée, et folle sur sa couche,
    Chassait au loin son doux sommeil ;

Quand tu puisais, hélas ! à la source divine,
Quand les songes amis entouraient ton berceau,
Quand les anges du ciel, pressés à ton rideau,
    Prodiguaient la joie enfantine.

Lorsque tu n'aspirais ni monde, ni douleurs,
En ne voyant encor que lacs dorés, limpides,
Les nombreux diamants, dont les éclats rapides
    Se mêlaient à l'encens des fleurs !

Les fleurs, il en est une...oui pareille à toi-même,
La plus douce, en parfum, s'abattit sur ton front,
Te marqua de sa pourpre, et te donnant son nom,
    Te servit d'ornement, d'emblême.

Et moi, pour dérober un regard à tes cieux,
Cent fois je m'arrêtais au sanctuaire aimable,
Cherchant à deviner sur ta lèvre ineffable
    Ce que pensaient tes jolis yeux.....

O souvenir d'amour... tu me suivras encore,
Oui, quel que soit l'arrêt, que trace mon destin,
Quand je m'endormirai, laissant sur le chemin
    Le souffle que tout vent dévore !

A Mlle EULALIE FAVIER

L'UNE DES GLORIEUSES MUSES MARSEILLAISES

Vous avez donc voulu vous exiler du monde,
Cherchant la nuit et l'ombre, en rêvant seule aux cieux :
Et vous avez brisé l'espérance féconde,
    De vos amis les plus doux vœux !

Hélas ! vous avez cru, qu'on pouvait à votre âge
Plier sitôt sa voile, et s'endormir au port :
Vous avez abrégé votre pélérinage
    Par élan pour un meilleur sort.

Il fallait, pour répondre au zèle qu'on renomme,
Ne pas nous nuire encor par trop d'amour divin :
Si le cœur est à Dieu, le génie est à l'homme,
    Et l'en priver est un larcin.

Votre rôle, ici-bas, n'était point une gêne,
Apôtre de la foi ! poète chaleureux !
Car vous avez versé le baume sur la peine
    Par vos accords mélodieux.

La palme de la vierge est bien plus belle encore,
Mais il faut la laisser à ce cœur confiant
Qui ne peut qu'admirer, dans leur gloire sonore,
    Lamartine et Chateaubriand !

Mais vous, leur noble émule, étoile ravissante,
Qui semez les rayons d'éternelles amours,
Préparant, par vos soins, la manne consolante,
    Riant présage des beaux jours !

Pourquoi couvrir ainsi l'éclat d'un diadème ?
Dans la nuit des tombeaux, laisser enseveli
Le langage sacré, sans penser que Dieu même
    Le parlait au mont Sinaï !

. . . .

C'est ce lien brisé que mon âme examine,
Des sublimes travaux le cruel abandon :
Plus que ces vains souhaits, où la vôtre, chagrine,
    Trouvait tant de déception.

Dans le nouvel exil, vous grandirez martyre,
Suivant dévotement l'exemple du saint roi,
Et j'entendrai toujours les chants de votre lyre
    Dont les sons vibreront vers moi.

A la même

———

Oui, tu viens ajouter une palme à ton nom,
Poète demi-dieu, poète plein de flamme !
O toi! barde immortel! chantre heureux de Salon!
    Tes vers ont fait vibrer mon âme.

Comme tu nous dépeins le ciel clair, azuré,
Réflétés sur les eaux, dans leur couleur blafarde,
Et les deux tours de Jeanne, et le mont vénéré
    De notre Vierge-de-la-Garde !

Saluant le berceau des brûlantes amours,
Tu nous dis, que le sol est rempli de mystère,
Et que le temps s'y passe, en d'éternels beaux jours,
    D'une odeur suave et légère !

Et puis, tu pouvais bien évoquer au hasard,
Déployer à nos yeux une gloire infinie :
Des Suffren, Miollis, Lamanon, Esménard,
    Tracer les noms et le génie.

Il te fallait un son, et mystique et touchant,
Des baisers, des soupirs, l'adorable langage ;
Un horizon lointain, sur des cailloux dormant,
    De la Crau l'étonnant mirage !

Il te fallait des fleurs, et des danses aussi,
Des anges parfumés, de nombreuses cascades,
Où pouvais-tu trouver un bouquet mieux choisi
    De beautés, de chants, de naïades ?

CHANT FUNÈBRE

ou

LA DANSE DES FARANDOLES

Pour entendre mon chant triste et décoloré,
Venez, rassemblez-vous près du temple sacré,
O filles de Salon ! venez avec vos voiles,
Et toi, ciel du Midi, caches-nous tes étoiles.

Mais qu'avez-vous, mes sœurs, vous ne m'écoutez pas?
Sourdes aux mots cruels de néant, de trépas,
Vous fuyez, emportant mes lugubres paroles
      Dans les plis de vos farandoles

Bouton de rose, hélas ! disputant à la fleur
Et son riche carmin, et sa suave odeur,
Vos mères, autrefois, avaient une compagne
Dont le doux nom charmait l'écho de la montagne.

Quand l'aube apparaissait au bien heureux séjour,
Riante, on la voyait fêter son gai retour,
Puis sa lèvre amoureuse, ouverte à la prière,
Laissait germer ces mots: Que la vie est légère!..

Du silence, écoutez: comme elle vous, elle aimait,
Ce qu'on aime à vingt ans : quand le jour s'inclinait,
La brise, soulevant sa blonde chevelure,
Et le simple rayon colorant la verdure.

Mais, qu'avez-vous mes sœurs? vous ne m'entendez pas?
Sourdes aux mots cruels de néant, de trépas,
Vous fuyez, emportant mes lugubres paroles
  Dans les plis de vos farandoles.

Sans doute on vous a dit, qu'après un noble effort,
Le vaisseau qui, jadis, était l'orgueil du port,
Pouvait tomber brisé, dévoré par l'orage,
Aux longs cris du nocher invoquant le rivage.

On vous a dit aussi, que le destin fatal
Sur nous alimentait son pouvoir infernal,
Qu'il détruisait sans cesse, et que, dans sa colère,
Tout était jeu pour lui, toute plainte éphémère !

Puisqu'on vous a tout dit, pleurez, pleurez mes sœurs;
Et sur la pauvre morte épanchez vos douleurs ;
Mais, hélas ! vous fuyez, emportant mes paroles
  Dans les plis de vos farandoles.

LES ORPHELINS

Chères sœurs n'entendez-veus pas
Des cruels Tyriens la trompette qui sonne !

Perdus dans la forêt pendant la nuit d'orage,
·Deux orphelins voulaient affronter le danger,
Et se disaient tout bas : « Achevons le voyage ;
Peut-être atteindrons-nous le toit hospitalier !... »

Cependant, le chemin était bordé d'épines ;
L'effroi glissait partout ; et le triste horizon,
Eclairait faiblement les profondes ravines,
L'arbre courbait la tête au poids de l'aquilon.

Ils allaient lentement dans leur marche attentive:
Le frère, plus âgé, menait sa tendre sœur,
L'encourageait, hélas ! la rassurait craintive,
Tout en la consolant, la pressait sur son cœur.

Et par l'amour unis, ainsi que deux colombes,
Ils semblaient retenir leur souffle emprisonné,
Comme ces malheureux qui, dans les catacombes,
N'espèrent plus trouver le fil abandonné !

Comprimant les efforts d'un tremblement timide
Ils arrivaient enfin au terme de leurs vœux,
Quand, des loups affamés, une troupe homicide
Les surprend, par ses cris, en s'arrêtant près d'eux.

Cependant, le chemin était bordé d'épines ;
L'effroi glissait partout ; et le triste horizon
Eclairait faiblement les profondes ravines.
L'arbre courbait la tête au poids de l'aquilon.

. . . .
. . . .

D'où vient que, tout-à-coup, s'apaise la tempête,
Que la lugubre voix s'éteint au loin dans l'air ;
Que tout redevient calme, annonce un jour de fête,
Et que le rayon d'or a remplacé l'éclair ?....

Tu le vois ! c'est la sœur, qui, sur l'herbe inclinée,
Vers le ciel a tourné son regard suppliant :
Offrant à l'Eternel, contente et résignée,
Sa vie en holocauste, aimable et pur encens !...

Depuis ce temps, on dit que la belle orpheline
Protége son ami dans ses sentiers divers ;
Que, pour son noble élan, la clémence divine
Adoucit plus encor le rivage et les mers !

SOUVENIR DE SALON

Ainsi l'an va passer — fatigué du voyage,
Je m'arrête, un instant, au séduisant rivage,
Sous le toit pur et simple, au seuil hospitalier,
Où, jadis, on m'offrait la branche d'olivier ;
Là, j'aime à m'alléger des soucis, et des peines,
A couvrir, d'un œil gai, le bel azur des plaines,
Ce Ciel si transparent où sont peints, chaque jour,
Tous les riants vergers, si chers à notre amour !
Là, j'aime à mesurer ton antique structure,
Toi, château féodal !.. dont la sombre parure,
Immobile témoin de néant, de hauts faits,
Veut planer sur le temps, et ne vieillit jamais !
Et toi, mont vénéré que menace l'orage,
Lieu de sainte prière et de pèlerinage.
Vous, rocs réfléchissant des horizons de feux !
Vous, grands ormes penchés sur les chemins poudreux !

J'aime à suivre de loin la course vagabonde
De ton eau de Craponne, en richesses féconde,
Qui frissonne et se tord, en ses nombreux détours,
Et par mille bosquets nous cache ses contours !
Oui, buvant, dans mon rêve, à ta source bénie,
Admirant tes trésors, ta campagne fleurie,
Je respire la paix, et le bonheur du Ciel,
O Salon ! près de toi, dans ton calme éternel !...

. . . .

. . . .

Je sais aussi que là, sous le toit solitaire,
Est un pieux vieillard, au style débonnaire,
Qui met à nous fêter sa gloire et son plaisir,
Cherchant à contenter notre moindre désir.
Une femme candide, épouse bien aimée !
N'offrant que des douceurs à notre âme charmée,
Cœur tendre et confiant... bronzé par la douleur,
Cœur que Dieu fit exprès pour exalter mon cœur !

Ah ! je vous aime encor, gémissantes vallées !
Arbres verts ombrageant nos tristes mausolées !

On dirait que la terre, en ses tièdes chaleurs,
De nos amis éteints ranime les ardeurs,
Que l'orgueilleux mistral, par ses vives haleines,
Au fond de leurs tombeaux, a secoué leurs chaînes,
Que la brise du soir répond à nos désirs
Et fait monter, vers nous, leurs douloureux soupirs !

. . . .

. . . .

Et toi, monde élégant ! que de fois dans ma vie,
Plongé dans mon extase, et l'âme épanouie,
Je songe à ton accueil, à tes plaisirs joyeux,
Ah ! combien de regrets en t'adressant mes vœux.

———

SANGLANT ÉPISODE

DE LA

BATAILLE DE SOLFÉRINO

. . . .

Le hasard m'avait mis au fort de la mêlée,
Mon bataillon marchait, enseigne déployée,
Afin de mieux tracer le retour offensif,
Le clocher du gros bourg nous servait d'objectif.
Des hauteurs de Médole, alors la batterie
Dirigeait ses boulets, tirait avec furie
Sur ce même village, où tout était en feu !
L'ennemi dut céder à ce terrible jeu :
En effet, sous nos coups, sous ce rude tapage,
Chaque minute, il sent s'affaiblir son courage,
Il voit ses rangs meurtris, ses soldats repoussés,
Comme, par l'avalanche, en tous lieux dispersés !

. . . .

. . . .

Pourquoi faut-il, hélas, que le bruit de nos armes,
Au milieu de l'attaque, ait pour nous tant de charmes !

Qu'il nous fasse oublier le foyer paternel,
La tendresse si chère, et l'amour fraternel !
Rébecco s'était tu, mais l'incident terrible
Du combat des géants, n'est pas le plus horrible!
L'amas des cavaliers, des artilleurs montés,
Se précipite encor dans les champs dévastés,
Au loin, on entendait comme le long murmure
De l'Océan grondant, effrayant la nature,
Le fracas des canons surtout faisait fureur,
De tous nos fantassins rehaussait la valeur !

. . . .

Enfin, nous arrivons assez près du village,
Quand dans l'horizon bleu, se forme un gros orage,
Phénomène imposant qui va fondre sur nous,
De notre acharnement, le Ciel était jaloux !
Ah ! je n'ai jamais vu de pareille tempête!
Sous les efforts du vent, l'arbre courbe la tête,
Le peuplier s'agite, et sème ses rameaux,
Tout s'abîme, entraîné par le pouvoir des eaux :
Un ouragan si fort, fait cesser la bataille,
Ralentit le canon, et couvre la mitraille,
L'ennemi, tout troublé, profite du répit,
Rappelle ses soldats, plus loin les réunit.

. . . .
. . . .
Sans redouter l'éclair qui sillonne la nue,
Nous marchons sur la ferme : hélas, la triste vue !
Que de morts, de mourants, soulevés aux glacis,
Etendus dans les cours, étalés sur les lits !
Le Français a gardé son éternel sourire,
Atteint dans le triomphe, il n'a pas dû maudire :
Ce doux nom de Patrie, à sa lèvre expirait,
Quand frappé dans le cœur, vaillamment il tombait !
Quant à l'Autrichien : son regard est farouche,
Un pli de désespoir a contracté sa bouche,
Quoique, mort en héros, une douleur l'étreint,
Plus pâle est son beau front, plus livide est son teint !..

. . . .

Bientôt de blancs rayons l'horizon se colore,
Le clairon retentit : le tambour bat encore :
Debout !... ce cri suprême a rallié nos rangs,
Au danger, préparé de nouveaux combattants,
Lorsque nous apprenons la complète défaite
De l'ennemi fuyant, nous cachant, sa retraite,
La nuit, il s'assemblait loin de Guidizzolo,
Sur vingt-sept ponts jetés, passait le Mincio.

MORT DU POETE AUTRAN

SONNET

Dédié à la Ville de Marseille

———

Quel cri lugubre, hélas, a troublé notre fête,
Remplissant la cité... se répandant au port ?
On dirait que les flots, que soudain, la tempête(1)
D'un ami regretté pleurent le triste sort.

Ton fils Autran n'est plus ! non, le charmant poète
Vient de s'évanouir dans les bras de la mort !
La nouvelle est rapide, et le grand deuil s'apprête,
Tous les cœurs sont émus ! ont le même transport !

Erreur de la pensée ! erreur de la souffrance !
Nous nous alarmons trop ! car le Dieu de clémence
Sur la nuit du cercueil met sa vive clarté !

Le génie, ici-bas, pour un instant succombe,
Bientôt comme Lazare (1), il renaît de sa tombe,
Resplendissant de gloire et d'immortalité.

(1) Depuis la mort du pauvre Autran, le vent ne cesse pas
de souffler.

(2) Lazare, premier Evêque de Marseille.

LES ADIEUX

Bientôt, je vais partir, adieu la causerie ;
Ces soins et ces douceurs que j'avais acceptés,
O mère, près de toi, de ta fille chérie,
A cette heure, où j'allais m'asseoir à vos côtés.

Hélas ! qui peut régler le destin de sa vie,
Arrêter son courant, ou ses flots agités,
Quand pour tous les projets, notre âme est asservie,
Quand pour les accomplir, les instants sont comptés ?

J'ai cherché quelquefois à reposer ma tête
Sur de nouveaux appuis..., passagère conquête,
Fantôme ne laissant que l'inconstant bonheur !

Et je revins toujours à l'amitié fidèle,
Au foyer qui m'offrait une part aussi belle
Pour consoler l'esprit, et pour charmer le cœur.

MES VŒUX POUR ROSE

Plus suave que miel,
Oui, pour toi je veux prendre
Un langage si doux,
Que les anges du Ciel,
Etonnés de l'entendre
En deviennent jaloux.

Je veux qu'avec les fleurs,
Sur toi, ma fille aimée,
Descendent les amours:
Que l'ivresse des cœurs,
En onde parfumée,
T'environne toujours.

Que pendant ton sommeil,
Une main bienfaisante
Te berce sans effort;
Et puis, qu'à ton réveil,
Une brise odorante
Excite ton transport.

Je veux que le ruisseau,
Dont une eau si limpide

Provoque nos désirs,
Par un charme nouveau,
Dans sa course rapide
Ajoute à tes plaisirs.

Que son murmure ami
Ressuscite en silence
Les songes amoureux,
Que la Naïade aussi
Caresse ta présence
Par des mots pleins de feux.

Que l'horizon lointain
Se colore à ta vue
D'innombrables clartés !
Oui, que l'astre divin
Répande sur la nue,
Tous ses rayons dorés !

Plus suave que miel,
Oui, pour toi je veux prendre
Un langage si doux,
Que les anges du Ciel,
Etonnés de l'entendre
En deviennent jaloux.

STANCES ÉLÉGIAQUES

SUR

des Morts qui ont fortement impressionné l'Auteur

MORT DU DUC D'ORLÉANS

Vers la céleste cour de t'avoir trop avide,
Tu viens de t'élancer, dans ta course rapide,
  Epousant l'immortalité !
Et le peuple, admirant le brillant météore,
Détourne le regard du feu qui le colore
  Pour pleurer son rêve avorté.

D'Orléans, tu n'es plus ! et déjà ton courage
Avait marqué du doigt ton glorieux passage
  Sur la citadelle d'Anvers.
Tu n'es plus ! tes coursiers, le mors rouge de flamme,
Semblables à la foudre, ont dérobé ton âme,
  Toi, qui n'a pas eu de revers.

D'Orléans ! tu n'es plus ! près des sources lointaines
Le vent jette ton nom aux tribus africaines,
    Sur les sommets de Téniah.
Et l'arabe distrait, pensant à ton image,
S'incline, en adorant, dans ce triste présage,
    La puissance de Jéhovah.

. . . .

. . . .

Mais qu'est la vie ? hélas ! une étroite chimère,
Un éclair qui colore un instant l'horizon,
Le flot battu des vents : le bruit dans le vallon ;
Le passage au coteau de la brise éphémère.

. . . .

SUR UNE SŒUR MORTE A 14 ANS

Ah ! c'était donc assez que d'embrasser son frère,
Puis qu'après mon départ, elle offrait à la terre,
    Ses quatorze printemps si beaux !
A peine je touchais sa robe virginale,
Que du destin cruel la volonté fatale,
    La nommait reine des tombeaux.

Depuis ce temps, mon cœur a connu la souffrance
Et n'a plus, qu'en tremblant, convoité l'espérance,
    Le ciel si bleu qui l'animait !
Il comprit bien alors ce que peut toute chose,
L'affreuse vérité... le néant de la rose,
    Du prestige qui le charmait.

Depuis ce temps aussi, je vois parfois dans l'ombre
Un fantôme au regard tantôt gaî, tantôt sombre,
    Orné de cyprès et de fleurs.
Hélas ! c'est encore elle ! oui, c'est ma sœur chérie
Qui dépose en riant sur ma lèvre flétrie,
    Un doux baiser mêlé de pleurs.

. . . .

ONZE ANS APRÈS LA MORT D'UNE AMIE

Onze ans !.. déjà les grains ont bien souvent germé
    Sur votre tombe solitaire.
Sur vous que j'aimais tant, que j'appelais ma mère,
    Sur vous qui m'avez tant aimé.

Semblable à la harpe éolienne
Qui fait vibrer un dernier son,
Votre voix, si douce et chrétienne,
S'est éteinte achevant mon nom.

Contemplant la voûte éternelle,
Oui votre œil, hélas ! s'est fermé,
Couvant encore une étincelle,
Pour son enfant prédestiné !

Alors votre doigt secourable,
Prêt à bénir mon heureux sort,
S'est, dans un instant redoutable,
Arrêté, glacé par la mort.

Et cette page si sublime
Où régnait la bonté, l'esprit,
Tout s'est confondu dans l'abîme,
Au sein de l'implacable nuit.

Onze ans !.. oui déjà l'herbe a bien souvent passé
    Sur votre tombe solitaire,
Sur vous que j'aimais tant, que j'appelais ma mère,
    Sur vousqui m'avez tant aimé.

LES REGRETS DE L'ABSENCE

Du jour plus bienfaisant quand la clarté se voile,
Quand la nuit fixe au ciel son amoureuse étoile,
  Alors mon cœur est en émoi ;
Enfant ! c'est que l'écho de ta voix argentine
Soulève mille ardeurs dans mon âme chagrine,
  Car tu n'es pas là près de moi !

Il me semble te voir, belle rose que j'aime,
Toi, ma fille ! mon bien ; toi, mon bonheur suprême,
  Toi dont j'entends aussi les pas ;
Et puis, je crois goûter, dans ma trompeuse ivresse,
Ton suave baiser, ta riante caresse,
  Quand tu m'entourais de tes bras.

Oh ! dis-moi, mon enfant, rapproche ce sourire
Habile à consoler mon douloureux martyre,
  Viens sur des nuages dorés !
Après, tu t'en iras, faible brise éphémère.

Vers ce charmant rivage où te garde ta mère,
    Où tes beaux jours sont préparés !

Abandonne, en secret, le pays de Provence,
Elance-toi vers moi, céleste Providence !
    Gracieux don de l'éternel !
Tu briseras la soif, hélas ! qui me dévore,
En semant les bienfaits de l'ange qui colore,
    De l'ange descendu du ciel.

Ou prends la forme aussi de l'oiseau qui sautille,
Au rameau suspendue. hirondelle gentille,
    Je saurai calmer ton effroi ;
Si du cruel autan la fureur vengeresse
Te remplissait, soudain, de crainte ou de tristesse,
    Alors tu volerais vers moi.

. . . .

Ici tu trouveras un abondant rivage,
Au pied de nos vallons, des tapis, de l'ombrage,
    Des flots murmurants et poudreux.
Et tu pourras marquer, de tes ailes rapides,
Des ruisseaux et des lacs les surfaces limpides
    Dans le caprice de tes jeux.

MORCEAUX DÉTACHÉS D'UN POÈME INÉDIT

SALON ET ARLES

S'il est un lieu charmant de la douce Provence,
Que le ciel ait comblé de sa magnificence,
Où l'esprit s'abandonne aux rêves bienheureux,
Où l'air se trouve empreint de désirs amoureux,
Qui présente, surtout, aux charmes de l'aurore
Tous les dons précieux que son sein fait éclore,
O Salon ! c'est bien toi; toi, pays enchanté,
Où germent la tendresse et la félicité,
Déroulant, à nos yeux, sur ton lit de verdure,
Tous les riches trésors de ta belle culture.

J'aime ton rayon d'or sous le ciel attiédi,
Qui se prolonge au loin jusque dans l'infini ;
Le souffle de tes vents perdus dans les cascades,
Répercutant les sons des joyeuses aubades ;

11

Même cette eau qui cache, au secret réservoir,
Les soupirs du matin, et les baisers du soir !

. . . .

J'aime ton cours pompeux, tes ormes centenaires,
O vous, chers innocents! vous témoins séculaires,
Vous qui voyez passer tant de joie et d'amours.
J'aime aussi, tu le sais, tes formidables tours
Qui semblent s'effacer dans le torrent des âges,
Et des temps féodaux rappeler les images.
Ah ! quand l'astre des nuits ne paraît pas encor,
Lorsque ses flots d'argent n'ont pas pris leur essor,
L'ombre qui s'illumine à vos angles gothiques
Imite des démons les formes fantastiques :
Et l'étranger, perdu dans le désert de Crau,
En voyant les clartés du sinistre château,
Avec effroi demande, en mesurant l'espace,
Si des esprits malins c'est la troupe qui passe?

. . . .

. . . .

Quittons le port de Bouc, remontons le canal
Qu'illumine de loin son éclatant fanal,

Laissons Fos, où jadis la vague était aimée,
Le camp où Marius conduisit son armée.
Plus avides, surtout, du souvenir romain,
Visitons cette ville où régna Constantin :
Où chaque pas révèle un ouvrage sublime,
Le merveilleux portail, le cloître saint-Trophime,
Cet hôtel (1) magnifique et bâti par Mansard
Qui le dispute encor aux chefs-d'œuvre de l'art !
Voyons le grand-théâtre, à la forme annulaire ,
Où se drapait souvent l'habit proconsulaire.
Ce buste de Livie, au profil doux et bon,
Qui paraît beaucoup trop la femme de Néron.
Les sombres aliscamps, étroites catacombes,
Où l'on foule, en tremblant, des débris et des tombes,
Enfin, pour couronner ce riche prospectus,
Ton triomphe éternel ! chère Arles, ta Vénus !

. . . .

. . . .

Ta fille, je le sais, enfant de noble race,
De tous tes traits divins, a conservé la trace,

1) L'hôtel de ville.

Et son port élégant empreint de majesté
Lui donne pour toujours la palme de beauté.....
J'aime entendre vibrer, sous tes hautes arcades,
Non le bruit parfumé des molles sérénades,
Mais les cris de terreur, aux fêtes de Cérès,
Quand paraissait soudain le lion d'Androclès.
Contempler les apprêts, et le regard sublime,
De l'esclave chrétien qui mesurait l'abîme,
Ecouter les soupirs de cent peuples divers,
Torrents qui s'élevaient pour dominer les mers,
Jouir de ce tableau..... du courage stérile
De ce gladiateur, dont l'arme est inutile,
Qui tombe noblement, sans regret pour son sort,
Et qui, prêt à passer dans les bras de la mort,
S'écrie : en retenant le glaive qui le tue,
Arles, ma ville... adieu... César, je te salue (1).

(1) *Morituri te salutant.*

TABLE

Préface et Lettre du Poète Reboul.

Dédicace à Monsieur de Cillart.

Invocation à la Muse.

BIBLIOTHÈQUE NATIONALE — R F — ESTAMPES

www.ingramcontent.com/pod-product-compliance
Lightning Source LLC
Chambersburg PA
CBHW051129260626
47170CB00005B/1728